Das Buch

In einem alten Haus zu wohnen, in dem es verborgene Zimmer, Doppelwände und Geheimgänge gibt – davon hat Luis schon immer geträumt. Zu seiner Überraschung findet er sich nach dem Tod seiner Eltern in genau so einem Haus wieder, in dem seines Onkels Jonathan. Als er auch noch entdeckt, dass Jonathan magische Kräfte besitzt und das Haus auf geheimnisvolle Weise verzaubert ist, kennt Luis' Begeisterung keine Grenzen mehr. Was er jedoch nicht ahnt, ist, dass der ehemalige Besitzer des Hauses ebenfalls ein Zauberer war – allerdings ein böser, der zu Lebzeiten irgendwo in den Mauern eine Uhr versteckt hat, deren Ticken den herannahenden Weltuntergang anzukündigen scheint. Als Luis an Halloween versehentlich auch noch eine Tote zum Leben wiedererweckt, tickt die Uhr noch schneller und lauter... Der Jüngste Tag rückt näher und es beginnt ein knapper Wettlauf mit der Zeit, in dem Luis alles geben muss, um die Uhr zu stoppen.

»John Bellairs' Roman ist eines der ganz wenigen Bücher, die Leser aller Altersgruppen fesseln und zugleich froh stimmen können. Ich hab's in einem Stück durchgelesen, mich an der ausgezeichneten Übersetzung gefreut und es bereits dreimal an ähnlich verschrobene Gemüter wie mich weiterverschenkt.«

Peter Michael Kersten / Rias Berlin

Der Autor

John Bellairs (1938–1991), anerkannter Bestseller-Autor von zahlreichen Kinder- und einigen Erwachsenenbüchern, darunter *The Face in the Forest.*
Das Geheimnis der Zauberuhr bildet den ersten Teil einer Trilogie um Luis Barnavelt und wurde zusammen mit dem Folgeband (demnächst bei Heyne) von der *New York Times* zu den ›Besten Büchern des Jahres‹ gekürt.

JOHN BELLAIRS

DAS GEHEIMNIS DER ZAUBERUHR

Roman

Aus dem Amerikanischen
von Alexander Schmitz

WILHELM HEYNE VERLAG
MÜNCHEN

HEYNE ALLGEMEINE REIHE
Nr. 01/12316

Titel der Originalausgabe
THE HOUSE WITH A CLOCK IN ITS WALLS
erschien bei The Dial Press, New York 1973
und in einer Neuausgabe
bei Puffin Books / Penguin, New York 1993

Umwelthinweis:
Dieses Buch wurde auf
chlor- und säurefreiem Papier gedruckt

Taschenbuchausgabe 08/2001

Printed in Germany 2001
http://www.heyne.de
Umschlaggestaltung: Hauptmann und Kampa
Werbeagentur, CH-Zug
Umschlagillustration: Anke Siebert c/o Claudia Schönhals,
München
Druck und Bindung: Elsnerdruck, Berlin

ISBN: 3-453-19514-0

Für Priscilla, die mich sein lässt

I. KAPITEL

Luis Barnavelt rutschte unruhig hin und her und wischte sich die feuchten Handflächen am Sitz ab. Der Autobus ratterte weiter Richtung New Zebeedee. Es war ein warmer, windiger Sommerabend des Jahres 1948, jedenfalls im Freien. Luis konnte erkennen, wie sich die monderhellten Bäume draußen am Fenster vorbeibewegten, aber das Fenster ging – wie alle in diesem Bus – leider nicht zu öffnen.

Er sah hinunter auf seine blaurote Cordhose, eine von jener Art, die bei jedem Schritt ein *plack-plack*-Geräusch machten. Er hob seine Hand und strich sich durchs Haar, das in der Mitte gescheitelt war und durch sein ›Wildwurzbalsam-Öl‹ fest am Kopf anlag. Seine fettigen Finger wischte er sich wieder am Sitz ab. Seine Lippen bewegten sich geräuschlos und er sprach ein Gebet, das er während seiner Messknabenzeit gelernt hatte:

Quia tu es Deus furtitudo mea; quare me repulisti, et quare tristis incedo, dum affligit me inimicus?

Da Du, o Herr, meine Kraft und meine Stärke bist, warum hast Du mich verstoßen und warum bin ich mit Sorgen beladen, allweil der Feind mir droht?

Er versuchte, sich an andere Gebete zu erinnern, doch das Einzige, das ihm noch einfiel, drückte wiederum nur Zweifel aus:

Quare tristis es anima mea, et quare conturbas me?

Warum trauerst du, mein Seel', und warum quälst du mich?

Es kam Luis vor, als bestünden alle seine Gedanken in diesen Tagen nur aus Fragen und Zweifeln: Wohin werde ich fahren? Wem werde ich begegnen? Werde ich sie mögen? Was wird mit mir geschehen?

Luis Barnavelt war zehn Jahre alt. Bis vor kurzem hatte er noch mit seinen Eltern in einer kleinen Stadt in der Nähe von Milwaukee gelebt. Aber sein Vater und seine Mutter waren plötzlich eines Nachts bei einem Autounfall ums Leben gekommen, und jetzt war Luis auf dem Wege nach New Zebeedee, der Kreisstadt im Capharnaum County im Staate Michigan. Er sollte bei seinem Onkel Jonathan wohnen, den er noch niemals in seinem Leben gesehen hatte. Natürlich hatte Luis vorher schon einiges über Onkel Jonathan gehört, zum Beispiel, dass er rauchte und trank und Poker spielte. Das waren zwar für eine katholische Familie nicht unbedingt Todsünden, aber Luis hatte zwei altjüngferliche Tanten, die Baptisten waren, und die hatten ihn vor Jonathan gewarnt. Er hoffte, dass sich die Warnungen als unnötig herausstellen würden.

Als der Bus in eine Kurve ging, betrachtete Luis sein Spiegelbild im Fenster neben seinem Sitz. Er sah ein dickes Mondgesicht mit glänzenden Wangen. Seine Lippen bewegten sich – Luis fing wieder an, seine Messknaben-Gebete aufzusagen, diesmal allerdings, um Onkel Jonathan schon jetzt günstig auf ihn einzustimmen. *Judica me Deus* … Richte mich, o Herr … nein, richte mich lieber nicht, hilf mir lieber, ein glückliches Leben zu leben.

Es war fünf vor neun, als der Bus vor dem Heemsoth's Rexall Drug Store in New Zebeedee zum Halten kam. Luis erhob sich, wischte sich die Hände an der Hose ab und zerrte an dem gewaltigen Pappkoffer, der sich weit über das stählerne Gepäckgitter lehnte. Luis' Vater hatte diesen Koffer Ende des Zweiten Weltkrieges in London erstanden. Er war mit zerrissenen und ausgeblichenen Aufklebern der Cunard Line bedeckt. Luis zog kräftig und der Koffer landete schwankend auf seinem Kopf. Er stolperte zurück in den Gang und hielt den Koffer bedenklich unsicher hoch in der Luft, saß dann plötzlich wieder auf seinem Sitz und der Koffer landete endgültig mit großer Wucht auf seinem Schoß.

»Na, nun ist's aber gut! Bring dich doch nicht um, bevor ich überhaupt Gelegenheit hab, dich kennen zu lernen!«

Da stand im Gang ein Mann mit buschigem roten Bart, der an manchen Stellen weiße Strähnen zeigte. Seine Big-Mac-Khaki-Hose war vorne über seinem dicken Bauch ausgebeult und er trug eine rote Weste mit Goldknöpfen über einem dicken blauen Wollhemd. Luis bemerkte, dass die Weste vier Taschen hatte, aus den oberen beiden schauten Pfeifenreiniger heraus, derweil die beiden unteren mit einer Kette aus Büroklammern verbunden waren. Das eine Ende der Kette war mit dem gewundenen Aufziehknopf einer goldenen Uhr verhakt.

Jonathan van Olden Barnavelt nahm seine qualmende Pfeife aus dem Mund und streckte ihm seine Hand entgegen.

»Hallo, Luis, ich bin dein Onkel Jonathan. Ich habe dich gleich erkannt ... nach einem Foto, das mir dein Vater mal geschickt hat. Herzlich willkommen in Zebeedee.«

Luis schüttelte ihm die Hand und bemerkte dabei, dass Onkel Jonathans Hände von außen mit einer gekräuselten Schicht roter Haare bedeckt waren. Sie reichten bis zu seinen Manschetten und verschwanden dann darunter. Luis fragte sich, ob Onkel Jonathan wohl am ganzen Körper solche roten Haare hatte.

Jonathan nahm den Koffer und stieg die Stufen am Bus hinunter.

»Donnerwetter, ist der aber schwer! Da sollten besser Räder drunter sein. Huch! Mal ehrlich, hast du ein paar Ziegelsteine von eurem Haus mitgebracht?«

Luis' Gesicht wurde traurig bei der Erwähnung seines Zuhauses, sodass Jonathan gleich beschloss, das Thema zu wechseln. Er räusperte sich und sagte: »Na dann! Wie gesagt, willkommen in Capharnaum County und im schönen, alten Zebeedee. Es hat sechstausend Einwohner, nicht mitgerechnet …«

Über ihnen begann eine Uhr zu schlagen.

Jonathan unterbrach sich. Er erstarrte zur Salzsäule, ließ den Koffer fallen und seine Arme hingen schlaff herab. Luis sah erschrocken zu ihm auf. Jonathans Augen blickten völlig glasig.

Die Uhr schlug weiter. Luis blickte nach oben. Der Klang kam von einem hohen backsteinernen Kirchturm auf der anderen Straßenseite. Die Fensterbögen des Glockenturms sahen aus wie ein riesiger Mund und zwei glotzende Augen. Unter dem Mund war ein großes, matt erleuchtetes Zifferblatt mit eisernen Zahlen zu erkennen.

Bamm! Noch solch ein Schlag. Er kam von einer unheimlich klingenden heiseren gusseisernen Glocke und Luis fühlte sich bei ihrem Klang verlassen und hilflos. Glocken dieser Art riefen immer dasselbe Gefühl in ihm wach. Aber was war nur mit Onkel Jonathan?

Die Glockenschläge hörten auf. Jonathan erwachte

aus seiner Trance, schüttelte heftig den Kopf und hob mit einer ruckartigen Bewegung seine Hand an sein Gesicht. Er schwitzte jetzt stark und wischte sich die Stirn und seine schweißtriefenden Wangen ab.

»Hm … hach! Uff! Ojoh! Verzeih, Luis, ich … ich, mir fiel nur eben ein, dass ich … dass ich einen Kessel mit kochendem Wasser auf dem Herd vergessen habe. Ich gerate jedes Mal völlig aus dem Häuschen, wenn mir etwas einfällt, was ich vergessen habe … oder annasrumm. Der Boden von dem Kessel dürfte hin sein. Los. Lass uns weitergehn.«

Luis sah seinen Onkel ungläubig an, sagte aber nichts. Zusammen machten die beiden sich auf den Weg.

Sie verließen die hell erleuchtete Hauptstraße und nach kurzer Zeit marschierten sie eine lange, von Bäumen eingerahmte Promenade entlang, die Mansion Street. Die überhängenden Äste verwandelten die Mansion Street in einen langen, raschelnden Tunnel. In der Ferne sah man helle Flecke vom Licht vieler Laternen und Lampen. Während sie weitergingen, erkundigte sich Jonathan nach Luis' Schulzensuren und ob er wohl wüsste, was für eine Schlagquote George Kell in diesem Jahr hätte. Er machte ihm klar, dass er nun ein Anhänger der Tigers werden müsse, da er in Michigan wäre. Jonathan beklagte sich zwar nicht mehr über den Koffer, blieb jedoch in regelmäßigen Abständen stehen und schüttelte seine Hand aus, die schon ganz rot war.

Luis kam es vor, als ob Jonathan in den dunklen Abständen zwischen den Straßenlaternen viel lauter sprach als sonst, aber warum er das tat, blieb ihm ein Rätsel. Erwachsene hatten im Allgemeinen keine Angst im Dunkeln und außerdem befanden sie sich auch auf keiner dunklen, einsamen Straße. In den meisten Häusern hier brannte Licht und Luis konnte hören, wie die Leute da drinnen lachten, erzählten und Türen schlugen. Sein Onkel war zweifellos ein seltsamer Mensch, aber eben durchaus *angenehm* seltsam.

An der Ecke Mansion und High Street blieb Jonathan stehen. Er stellte den Koffer ab vor einem Briefkasten mit der Aufschrift NUR FÜR BRIEFPOST. »Da oben wohne ich, auf dem Hügel«, sagte Jonathan und wies hinauf.

High Street war genau der richtige Name. Auf ging's, immer höher, sie beugten sich vornüber und schoben sich mühsam vorwärts. Luis fragte Jonathan mehrmals, ob er ihm nicht den Koffer abnehmen solle, doch jedes Mal antwortete Jonathan: »Nein, danke, so geht's schon.« Luis begann sich Vorwürfe zu machen, dass er all die Bücher und vor allem die Bleisoldaten alle eingepackt hatte.

Als sie oben auf dem Hügel angelangt waren, stellte Jonathan den Koffer ab, holte ein buntes Taschentuch hervor und wischte sich über das Gesicht.

»Tja, da sind wir also, Luis. Barnavelt's Folly. Gefällt's dir?«

Luis sah sich um.

Er sah ein dreistöckiges steinernes Herrenhaus mit einem hohen Turm an der Vorderfront. Das ganze Haus war erleuchtet, im Erdgeschoß, im ersten Stock und im Dachgeschoß. Sogar das kleine ovale Fenster, das wie ein Auge zwischen den Schindeln oben am Turm hervorlugte. Im Vorhof wuchs ein riesiger Kastanienbaum, dessen Blätter im warmen Sommerwind rauschten.

Jonathan stand da, die Hände auf dem Rücken verschränkt, breitbeinig, und sagte noch einmal: »Gefällt's dir, Luis, hm?«

»Herrlich, Onkel Jonathan! Ich hab mir schon immer gewünscht, einmal in so einem Haus zu wohnen, und das ist doch ganz bestimmt irgendein altes Herrenhaus!«

Luis ging zu dem verschnörkelten Zaun und berührte einen der eisernen Pompons, die in Reih und Glied in ganzer Länge oben aufgespitzt waren. Er starrte auf das Schild mit der Nummer 100, das hinter rotbeleuchtetem Glas zu sehen war.

»Ist es auch wirklich da, Onkel Jonathan? Ich meine, das Haus …«

Jonathan beobachtete ihn mit einem seltsamen Ausdruck. »Ja … ja … ja, natürlich ist es wirklich da. Lass uns hineingehen.«

Jonathan hob die Schlaufe aus Schnürsenkel, die als Türriegel diente.

Das Tor öffnete sich quietschend und Luis lief die Auffahrt hinauf. Jonathan folgte dicht hinter ihm mit dem Koffer. Sie stiegen die Freitreppe empor. Die Vorhalle war zwar dunkel, aber ganz hinten war Licht zu sehen. Jonathan setzte den Koffer ab und legte Luis seinen Arm um die Schulter.

»Na los. Gehn wir hinein. Du brauchst nicht schüchtern zu sein. Du bist ja jetzt hier zu Hause.«

Luis durchquerte die lange Haupthalle. Sie kam ihm schier endlos vor. Vom anderen Ende her gelangte er in einen Raum, der ganz von gelblichem Licht erfüllt war. An den Wänden hingen Bilder in schweren Goldrahmen; einen Kamin gab es da, der über und über vollgestellt war mit altem Hausrat; und in der Mitte des Raumes stand ein großer runder Tisch; und drüben in der Ecke war eine grauhaarige Frau in einem sackartigen purpurnen Kleid. Sie stand mit dem Ohr an der Wand und lauschte.

Luis blieb stehen und starrte sie an. Er fühlte sich verlegen. Es kam ihm vor, als hätte er jemanden dabei ertappt, wie er etwas Verbotenes tat. Er dachte, dass er und Jonathan beim Hereinkommen eigentlich ganz schön viel Lärm gemacht hätten, aber ganz offensichtlich war die Dame, wer immer sie auch sein mochte, von seinem Eintreten überrascht worden. Überrascht und verlegen, genau wie er.

Jetzt richtete sie sich auf, strich ihr Kleid glatt und sagte herzlich: »Hallo. Ich bin Mrs. Zimmermann. Ich wohne gleich nebenan.«

Ein solches von Falten durchzogenes Gesicht hatte Luis noch nie in seinem Leben gesehen, aber die Augen blickten ihn freundlich an und all die Falten waren eigentlich viel mehr richtige Lachfältchen. Sie gaben sich die Hand.

»Das ist Luis, Florence«, sagte Jonathan. »Du entsinnst dich doch, Charlie schrieb mir seinetwegen. Zur Abwechslung war der Bus mal pünktlich. Wahrscheinlich haben sie dem Fahrer was an Alkohol verpasst. Heh! Hast du mir etwa welche von meinen Münzen geklaut?«

Jonathan ging zum Tisch hinüber. Jetzt erkannte Luis, dass das rotkarierte Tischtuch über und über mit Haufen und Säulen von Münzen bedeckt war, alle Sorten von Münzen, die meisten ausländische. Krapfenförmige arabische Münzen mit lauter Pfadfinderkokarden darauf; ein Stapel dunkelbrauner Kupfermünzen, auf denen überall ein glatzköpfiger Mann mit einem Fahrradlenker-Schnurrbart aufgeprägt war. Da gab es große, schwere, englische Pennies, die Königin Victoria in ganz unterschiedlichen Porträts zeigten, und da gab es winzige silberne Münzen, die nicht dicker als ein Fingernagel waren. Er sah einen eiförmigen mexikanischen Silberdollar und eine echte römische Münze voller Patina. Aber die meisten waren die in goldschimmernden Stapeln aufgetürmten Messingmünzen mit dem Aufdruck *Bon Pour Un Franc.* Luis mochte den

Spruch leiden, aber weil er kein Französisch verstand, verdrehte er ihn in seinem Kopf so lange, bis *One Bonsoir Frank* herauskam.

»Nein, ich hab nicht einen Einzigen von deinen heißgeliebten klötrigen Klimpergroschen gemopst«, sagte Mrs. Zimmermann mit leicht bebender Stimme. »Ich hab nur gerade die Stapel wieder ordentlich gemacht. Recht so, Zauberbart?«

»Stapel ordentlich gemacht. Das kommt mir doch *irgend*wie bekannt vor, altes Streckgesicht. Aber ist ja auch egal. Wir müssen die Münzen sowieso in drei Teile teilen. Du kannst doch pokern, Luis, oder?«

»Ja schon, aber mein Vater wollte …« Er konnte nicht weiter. Jonathan sah Tränen in seinen Augen. Luis schluckte den Schluchzer hinunter und fuhr fort: »Mein Vater wollte nicht, dass ich um Geld spiele.«

»Oh, wir spielen ja auch nicht um Geld«, sagte Mrs. Zimmermann und lachte. »Wenn wir das täten, dann würde das ganze Haus hier mit allem Drum und Dran schon längst mir gehören.«

»Ätsch, das stimmt leider«, sagte Jonathan, sammelte die Karten zusammen und stieß wolkenweise Rauch aus seiner Pfeife. »Ätsch, das stimmt leider. Haste sie schön sortiert, du Wachteltier du? Nein? Na, wenn du endlich fertig bist, dann können wir auslosen, wer gibt, und ich gebe sowieso zuerst. Das ist nun mal kein Spiel für kleine Mädchen wie Topfschlagen oder Blindekuh … 'n einfaches, klares Fünferblatt. Nichts dabei.« Er paffte weiter vor sich hin und wollte gerade anfangen zu geben, als sein pfiffiger Blick auf Mrs. Zimmermann fiel.

»Ach ja«, sagte er, »eigentlich könntest du Luis ein Glas Eistee mitbringen und meins gleich nachfüllen. Ohne Zucker. Und bring gleich noch einen Teller mit Schokoladenplätzchen mit.«

Mrs. Zimmermann erhob sich und rang ihre Hände unterwürfig: »Wie wünschen der Herr die Plätzchen? Einen nach dem andern in den Hals gestopft oder zermanscht in den werten Kragen?«

Jonathan streckte ihr die Zunge heraus. »Kümmere dich nicht um sie, Luis. Sie glaubt, sie kann's sich leisten, weil sie am College ein bisschen erfolgreicher war als ich.«

»Leisten kann ich's mir so oder so, du Einfaltspinsel. Tschuldigt mich einen Moment.« Sie drehte sich um und ging in die Küche.

Jonathan verteilte derweil mit geübter Hand die Karten. Als Luis seine aufnahm, sah er, dass sie alt und abgegriffen waren. Bei den meisten fehlten die Ecken. Aber auf den ausgeblichenen blauen Rückseiten war jeweils ein rundes goldenes Wappen mit Aladins Wunderlampe in der Mitte zu erkennen. Und über und unter dem Wappen standen die Wörter:

CAPHARNAUM COUNTY
MAGISCHER ZIRKEL

Mrs. Zimmermann kam zurück mit den Keksen und dem Tee mit Eis und das Spiel fing an. Jonathan nahm die Karten auf, mischte sie *drdrdrdrdr!* wie ein Profispieler und fing an zu geben. Luis schlürfte seinen Tee und fühlte sich sehr wohl und ganz wie zu Hause.

Sie spielten bis Mitternacht, bis Luis nur noch rote und schwarze Kreise vor seinen Augen sah. Pfeifenqualm hing in mehreren Schichten über dem Tisch und stieg wie eine Säule aus dem Schatten der Bodenlampe empor, die dadurch genauso wundersam ausschaute wie die Wunderlampe auf den Spielkarten. Und noch etwas war wundersam an dem Spiel. Luis gewann. Er gewann sehr, sehr oft. Normalerweise hatte er immer nur verdammtes Glück, aber in diesem Spiel bekam er Straight Flushes, Royal Flushes und vier von einer Sorte, nicht immer, aber eben doch oft genug, um den Gewinn stetig steigern zu können.

Vielleicht lag es ja daran, dass Jonathan so ein lausiger Pokerspieler war. Mrs. Zimmermann hatte schon Recht mit dem, was sie gesagt hatte. Immer nämlich, wenn Jonathan ein gutes Blatt hatte, schnaufte und kicherte er fröhlich vor sich hin und blies Rauchwolken aus beiden Mundwinkeln und wenn er ein schlechtes Blatt hatte, kaute und saugte er ungeduldig an seiner Pfeife herum. Mrs. Zimmermann war eine gerissene Spielerin, die jeden mit zwei lumpigen Karos unter den Tisch bluffen konnte, aber an diesem Abend bekam sie einfach nicht die rechten Karten. Vielleicht war das der Grund für Luis' Siegessträhne. Vielleicht, ja. Aber er hatte seine Bedenken.

Denn zum einen hätte er schwören können, dass einoder zweimal, als er eine ausgeteilte Karte aufnahm, sie sich verwandelt hatte. Sie hatte sich – einfach so – verwandelt, als er sie aufnahm. Das passierte nie, wenn Luis mit dem Geben dran war, sondern eben nur, wenn Jonathan oder Mrs. Zimmermann gaben. Und zum anderen war er mehr als einmal drauf und dran gewesen zu passen, als er – auf den zweiten Blick – sah, dass er ein gutes Blatt hielt. Das war seltsam.

Die Kaminuhr räusperte sich mit einem *wrrrimm* und schlug dann Mitternacht.

Luis warf Jonathan, der ganz ruhig dasaß und seine Pfeife schmauchte, einen schnellen Blick zu. War er wirklich so ruhig? Auf irgendwas schien er ihm zu lauschen.

Dann fielen all die anderen Uhren im Haus mit ein. Luis saß da wie in Trance und lauschte schrillen Schlägen, blechernen Schlägen, melodiösen elektrischen Türklingelklängen, dem *kuckuck kuckuck* von Kuckucksuhren und dem tiefen und finster klingendem *baoouung baoouung!* dröhnender chinesischer Gongs. Alle diese und noch viele andere Uhren mehr klangen durch das ganze Haus und hin und wieder während dieses Konzertes sah Luis seinen Onkel Jonathan an, doch der erwiderte die Blicke nicht. Er starrte gegen die Wand und wieder hatten seine Augen diesen glasigen Ausdruck. Und während dieser ganzen Zeit saß Mrs. Zimmermann da und hatte ihren Blick starr auf das Tischtuch geheftet.

Die letzte Uhr, die schlug, war die alte Standuhr im Arbeitszimmer. Sie lärmte, als klapperte eine Schiffsladung voller Eisenplatten langsam aber sicher eine lange Treppe hinab. Als sie aufgehört hatte zu schlagen, schaute Jonathan auf.

»Hm, ja. Wo warn wir doch grade? Tja, Luis, wir haben Mitternacht, nicht wahr? Das Spiel ist aus. Es ist Zeit, ins Bett zu gehn.«

Jonathan räumte fast unwirsch den Tisch ab. Er sammelte die Karten ein, stapelte sie aufeinander und steckte das Spiel unter ein Gummiband. Schnapp! Dann langte er unter den Tisch und brachte eine rote Keksdose aus Blech zutage, auf deren Deckel ein Bild des Kreisgerichtsgebäudes von New Zebeedee zu sehen war. Er schob mit der Hand die klimpernden Münzen in die Dose, drückte den Deckel fest drauf, stieß seinen Stuhl zurück, reinigte seine Pfeife in eine Untertasse und faltete die Hände in seinem Schoß.

»Tja, und wie gefällt dir denn nun die High Street Nummer 100, Luis?«

»Ich find's einfach toll, Onkel Jonathan. Ich mag das Haus, ich mag die Stadt und euch beide hab ich auch furchtbar gern.«

Luis hatte nicht gelogen. Obwohl sich Onkel Jonathan durchaus etwas komisch benahm und Mrs. Zimmermann irgendsolche Lauscher-an-der-Wand-Neigungen hatte, hatte der erste Abend in New Zebeedee ihm eine Menge Spaß gebracht. Tatsächlich: Fast den ganzen Abend über hatte er beträchtliche Mühe gehabt, vor Freude nicht dauernd auf seinem Stuhl auf und ab zu hüpfen. Man hatte ihm eingeschärft, dass sich so etwas in Gesellschaft nicht zieme.

Jonathan trug Luis den Koffer nach oben und Luis betrat zum ersten Mal sein neues Zimmer. Da stand ein großes schwarzes Bett mit hölzernen Verzierungen oben und unten an Kopf- und Fußendeborden. In der Ecke war ein schwarz umrahmter Spiegel zu erkennen, der genau zu dem Bett passte, und daneben befand sich ein schwarzmarmorner Kamin, auf dem eine sargähnliche schwarze Uhr stand. Ein hoher polierter Bücherschrank nahm die ganze Höhe und Breite einer Wand ein und obendrauf stand eine Vase mit Schachtelhalm. In der Mitte des Zimmers lag ein großer gemusterter Teppich auf dem Boden und das Muster erinnerte Luis an eine Karte der Vereinigten Staaten, allerdings eine, die ein Verrückter gezeichnet haben musste. Manchen Kindern wären die vielen dunklen Möbel in diesem alten Raum gewiss unheimlich gewesen, aber Luis gefielen sie. So etwa, stellte er sich vor, könnte das Schlafzimmer von Sherlock Holmes auch ausgesehen haben.

Luis zog seinen Schlafanzug an, nahm Bademantel und Hausschuhe und schlurfte hinunter in die Halle und durch sie hindurch ins Badezimmer. Als er zurückkam, sah er, dass Jonathan gerade ein Feuer im Kamin angemacht hatte.

Jonathan erhob sich und wischte ein paar Zweige von seiner Weste. »Ah, Luis, du bist es! Brauchst du sonst noch was?«

»Ach was, nein, Onkel Jonathan, bestimmt nicht. Das ist aber ein tolles Zimmer. Ich hab mir schon immer ein Zimmer mit Kamin gewünscht.«

Jonathan lächelte. Er ging hinüber zum Nachttisch und knipste die Leselampe an. »Heute kannst du lesen, solange du willst, Luis. Die Schule fängt ja sowieso erst in drei Wochen an.«

»Nach dem vielen Gepoker werd ich wohl nicht mehr viel lesen«, sagte Luis und gähnte. »Aber trotzdem, vielen Dank für alles. Gute Nacht, Onkel Jonathan.«

»Gute Nacht, Luis.«

Gerade wollte Jonathan die Tür schließen, da drehte er sich doch noch einmal um: »Ach, übrigens, Luis. Ich hoffe doch, dass all diese vielen Uhren dich nicht beim Schlafen stören werden. Sie sind schon ein bisschen laut, aber ... na ja, ich mag sie halt. Gute Nacht.« Er schloss hinter sich die Tür.

Luis stand da und legte verwirrt die Stirn in Falten. Irgendetwas ging hier vor in diesem Haus, aber er vermochte es nicht herauszubekommen. Er erinnerte sich an Jonathan, wie er beim Schlagen der Kirchenuhr völlig gelähmt dastand; er erinnerte sich an Mrs. Zimmermann, die an der Wand lauschte. Es war seltsam.

Aber na ja, dachte er schulterzuckend, es gibt eben auch komische Leute. Luis stieg ins Bett und löschte das Licht. Ein paar Minuten später machte er es wieder an. Es wurde ihm klar, dass er noch immer gespannt, aufgeregt und glockenwach war.

Er stieg aus dem Bett und ging zu dem etwas wacklig dreinschauenden Bambusregal hinüber, das neben der WC-Tür stand. Was für eine Masse alter verstaubter Bücher! Er zog eins heraus und wischte den Staub mit seinem Ärmel ab. In vergilbten Goldbuchstaben stand auf dem schwarzen steifleinenen Einband zu lesen:

John L. Stoddards
Vorlesungen

BAND IX
Schottland
England
London

Luis schlug das Buch auf und glitt zwischen die glatten glänzenden Seiten. Er hielt das Buch an seine Nase. Es roch nach Old-Spice-Talkumpuder. Luis liebte es, in Büchern zu lesen, die so rochen. Er warf das Buch auf sein Bett und ging an seinen Koffer und nachdem er eine Weile darin herumgewühlt hatte, brachte er eine schmale Schachtel mit schokoüberzogenen Pfefferminz-Dragees zutage. Er aß gern Süßigkeiten beim Lesen und so manches unter seinen Lieblingsbüchern wies statt Eselsohren braune Flecken auf.

Etwas später saß Luis aufrecht im Bett, er hatte sich die Kopfkissen in den Rücken gedrückt. Er las, wie die schottischen Edelleute den armen Rizzio vor den Augen der Schottenkönigin Mary ermordet hatten. Stoddard verglich Rizzio mit einer purpursamtenen Pflaume, aus der in alle Himmelsrichtungen der Pflaumensaft spritzte. Die Edlen schleiften den armen Kerl unter Fußtritten und Geschrei in den Gang, wo sie wieder und wieder auf ihn einstachen. Genau sechsundfünfzigmal, berichtete Stoddard, wobei er unerwähnt ließ, wer denn die Stiche alle mitgezählt hatte. Luis blätterte um und biss in ein Pfefferminzbonbon. Jetzt ließ sich Stoddard über die Hartnäckigkeit von Blutflecken im Allgemeinen aus und zerbrach sich im Besonderen den Kopf darüber, ob der Blutfleck auf dem Boden im Gang zu Holyrood tatsächlich von Rizzio stammte oder nicht. Luis gähnte wieder, machte das Licht aus und ging schlafen.

Aber ganz kurz danach wurde er plötzlich wieder geweckt. Er hatte geträumt, dass die Pik-Dame hinter ihm her wäre. Er saß wieder kerzengerade im Bett und war hellwach. Er hatte Angst, aber er wusste den Grund nicht.

Krrrs, krrrs. Irgendjemand lief auf Zehenspitzen durch die Halle.

Luis saß mucksmäuschenstill da und lauschte. Jetzt war das Geräusch genau vor seiner Tür. Jetzt ging es vorbei und verschwand langsam unten in der Halle. *Krrrs, krrrs, krrrs.*

Luis glitt aus seinem Bett. So leise und so vorsichtig er überhaupt konnte, schlich er sich zur Tür. Und genauso leise und vorsichtig öffnete er sie. Er öffnete sie nur einen Spalt breit. Er sah hinaus.

Die Halle war dunkel, nur durch das Fenster am anderen Ende fiel graues Licht herein. Aber Luis konnte genau hören, dass sich da jemand bewegte. Und da sah er ihn – den schwachen, fahlen Lichtkegel einer Taschenlampe, wie er über die Tapete glitt. Ängstlich machte Luis die Tür wieder zu, öffnete sie dann aber doch wieder einen Spalt. Der Lichtkegel hatte aufgehört, sich zu bewegen. Die Gestalt, die die Taschenlampe hielt, schlug mit der Faust gegen die Wand, und zwar heftig. Luis konnte hören, wie kleine Stückchen von Putz in den Zwischenraum zwischen den Wänden fielen. Die Gestalt schlug immer und immer wieder zu. Luis stand da mit weit aufgerissenen Augen und öffnete die Tür ein Stück weiter.

Jetzt wich der schattenhafte Eindringling ein paar Schritte zurück und Luis konnte eine korpulente Silhouette am Fenster der Halle erkennen – eine korpulente, bärtige Silhouette mit einer Pfeife im Mund. Jonathan!

Luis schloss die Tür so leise er nur konnte und lehnte sich zitternd von innen dagegen. Er hoffte, dass Jonathan ihn nicht gesehen hatte. Ein fürchterlicher Gedanke stieg in ihm auf: War Jonathan verrückt?

Luis ging hinüber zu dem Ohrensessel am Kamin und setzte sich. Er beobachtete die schwarzen Holzscheite, wie sie langsam schrumpften und zu rotglühender Asche wurden. *Was war nur, wenn Jonathan wirklich verrückt war?* Seine Eltern hatten ihn stets und ständig vor Verrückten gewarnt, jene Sorte von Leuten, die einen in ihr Auto lockten und einem Süßigkeiten anboten, in denen nur Kleister war. Oder war es nicht Kleister? Er konnte sich nicht erinnern. Aber Jonathan kam ihm eigentlich nicht gerade wie einer von *denen* vor. Auch nicht wie einer von denen, die sich nachts in fremde Zimmer einschleichen und Leute niederstechen. Luis seufzte. Es würde ihm gar nichts anderes übrigbleiben als abzuwarten.

Er ging wieder ins Bett und hatte einen Traum, in dem er und Jonathan immerzu um einen großen viereckigen Platz herumliefen, in dessen Mitte eine Kirche stand: die Kirche mit dem ungeheuergesichtigen Glockenturm. Sämtliche Häuser auf diesem Platz waren hell erleuchtet, aber es war ihnen nicht möglich, in eins hineinzugehen, um sich zu verstecken. Etwas Großes und Dunkles und Gestaltloses war hinter ihnen her. Und schließlich blieben sie vor der Kirche stehen und der Turm begann zu schwanken, als wär er aus Gummi. Das Fratzengesicht kam näher und immer näher … und dann wechselte der Traum seinen Schauplatz. Luis saß in einem Raum voller glitzernder Münzen. Und er ließ sie klimpernd durch seine Finger gleiten bis zum frühen Morgen.

II. KAPITEL

Am nächsten Morgen wachte Luis mit verworrenen Erinnerungen an die vergangene Nacht auf, doch insgesamt waren seine Eindrücke durchaus glücklicher Natur – trotz der dunklen Dinge, die da an den Ecken des Gesamtbildes herumlungerten.

Er zog sich an und ging hinunter, wo Jonathan und Mrs. Zimmermann bereits beim Frühstück saßen. Offenbar kam Mrs. Zimmermann immer herüber, um für Jonathan das Frühstück zu machen, denn Jonathan war ein miserabler Koch. Na ja: Das konnte Luis nur recht sein. Er war genauso arm dran. Er setzte sich an den Tisch, es gab Pfannkuchen und Wurst und es dauerte gar nicht lange, da dachte er darüber nach, wie er die drei Wochen, die ihm noch bis zum Schulbeginn blieben, am besten nutzen konnte.

Luis entdeckte schnell, dass drei Wochen keineswegs ausreichen würden, um die Stadt New Zebeedee und das alte Haus High Street Nummer 100 auszukundschaften. Drei Wochen – die reichten gerade mal für den Anfang.

Zunächst einmal: Die Stadt war traumhaft. Schon immer hatte Luis sich gewünscht, in solch einer Ge-

gend zu wohnen. Seine alte Heimatstadt in Wisconsin sah dagegen aus, als wäre sie gerade gestern erst fertig geworden: Alle Häuser waren gleich groß und die Hauptstraße bestand aus nichts weiter als einer langen Reihe von Bars und Tankstellen. New Zebeedee war da ganz anders. Es war prall gefüllt mit kunstvoll verzierten Häusern. Sogar die ganz gewöhnlichen weißen Holzhäuser hatten irgendetwas, das sie anders aussehen ließ, ein Butzenscheibenfenster etwa oder schmiedeeiserne Blumenmuster oben auf einer kleinen Dachkuppel. Und so viele dieser Häuser erschienen ihm, als bewahrten sie irgendein Geheimnis.

Jonathan nahm Luis auf mehrere Spaziergänge durch die Stadt mit, doch viel öfter ließ er Luis für sich allein die Dinge entdecken. Mehrmals marschierte Luis einfach nur die Hauptstraße hinauf und hinunter und bewunderte die hohen, verzierten falschen Fassaden der Einkaufsläden. Einer der Läden beherbergte im Obergeschoß ein ehemaliges regelrechtes Opernhaus. Jonathan erzählte, dass die alten Kulissen noch immer da waren, angelehnt an Kästen und Kisten mit langen Holzstangen und billigen kleinen Schreibtäfelchen. An einem Ende der Hauptstraße stand das Bürgerkriegsdenkmal, ein fantastisches Monument aus Stein, das Ähnlichkeit mit einer Künstlerstaffelei hatte. Auf allen Ecken und Kanten der Staffelei stand jeweils ein Soldat oder ein Matrose, der die Armee der Rebellen mit Muskete, mit Schwert, Kanone oder Harpune bedrohte. Auf dem ebenen Teil der Staffelei standen all die Namen der Einwohner von Capharnaum County, die im Bürgerkrieg gefallen waren. Neben dem Denkmal stand ein kleines Gewölbe aus Stein, das ›Zusatz zum Bürgerkriegsdenkmal‹ hieß, weil es alle die Namen derjenigen enthielt, die der Erbauer auf dem großen Denkmal nicht mehr hatte unterbringen können. Jonathans Vater zum Beispiel war bei der Fünften Michigan-Brigade Freiwilliger Infanteristen dabeigewesen und Jonathan kannte eine Menge Geschichten über die Heldentaten des alten Mannes.

Was das Haus High Street Nummer 100 betraf, so war es in jeder Hinsicht mindestens genauso herrlich wie die ganze Stadt, wenn man mal davon absieht, dass es ein bisschen unheimlich und zum Fürchten war. Da gab es eine Menge Räume zu entdecken: oben drittklassige Wohnzimmer und nach hinten hinaus zweitklassige Schlafzimmer, Wäschekammern und Spielzimmer und ganz einfache Räume für alles Mögliche. Einige waren ganz und gar leer und voller Staub, andere wieder waren vollgestopft mit alten Möbeln. Es gab jede Menge von Tischen mit Marmorplatten, Polsterstühle auf quietschenden Rollen mit Schondeckchen auf den Armlehnen und ausgestopfte Rebhühner unter Glasglocken. Jedes Zimmer hatte seinen eigenen Kamin aus Marmor, der – je nachdem – mal aussah wie Schimmelkäse, mal wie aufgetürmte Berge aus Eiskrem, mal wie grüne Toilettenseife oder wie Milchschokolade.

Eines Nachmittags ging Luis die Hintertreppe im Südflügel des Hauses hinunter und bemerkte an einem Treppenabsatz ein buntes Glasfenster. Es gab eine Menge dieser bunten Fenster im Haus, meist eben nur an Hintertreppen wie dieser, in unbenutzten Badezimmern oder am Ende von Korridoren. Er hatte sogar schon einige gesehen, die in die Decke eingebaut waren. Luis meinte, er hätte dieses Fenster schon einmal gesehen, oder genauer: nicht dieses, sondern ein anderes an dieser Stelle. Darum blieb er stehen und blickte es ungläubig an.

Er konnte sich nämlich an das andere Fenster noch sehr genau erinnern. Es war ein großes ovales Fenster gewesen, auf dem zu sehen war, wie eine tomatenrote Sonne in einem Meer unterging, das genauso blau wie die alten Medizinflaschen war. Der ovale Rahmen war noch immer da, aber nun sah er da einen Mann, der aus einem Wald hinausfloh. Der Wald war dunkelblau und das Gras, über das der Mann lief, war hellgrün. Der Himmel auf dem Fensterbild war von verwaschenem, öligem Braunrot. Es erinnerte Luis an Möbelpolitur.

Was war mit dem anderen Fenster geschehen? Ob Jonathan nachts herumwanderte und sie auswechselte? Das war doch recht seltsam.

Genauso merkwürdig war der Garderobenständer in der Vorhalle. Zuerst hatte Luis ihn für einen ganz gewöhnlichen Garderobenständer gehalten. Er war knapp zwei Meter hoch und hatte einen kleinen runden Spiegel in der Mitte, Haken für Mäntel und Hüte und ein kleines hölzernes abgeteiltes Fach für Gummizeug. Alles an ihm sah auf den ersten Blick ganz normal aus. Aber eines Tages, als Luis seinen Regenmantel aufhängen wollte, hatte er in dem Spiegel vor sich plötzlich eine Maya-Stufenpyramide in dampfendem grünen Dschungel vor sich gehabt. Dass es eine Maya-Pyramide war, wusste er, denn er besaß davon ein Dia für seinen Viewmaster. Doch das Bild im Spiegel war nicht nur so andeutungsweise plastisch wie auf dem Dia gewesen. Es sah aus, als hätte man in den Spiegel hineingreifen und die Schlingpflanzen berühren können. Und während Luis das alles betrachtete, sah er, wie ein herrlicher roter Vogel mit langem Schwanz von einem Baum zum anderen flog. Richtige Hitzewellen ließen den Anblick der Pyramide regelrecht verschwimmen. Luis zwinkerte mit den Augen und starrte dann wieder auf das Spiegel-Bild. Und da sah er nur noch, wie das regengraue Fenster hinter ihm vom Spiegel reflektiert wurde.

Luis dachte lange nach über das Glasmalfenster und den Garderobenständer. Besaßen sie etwa Zauberkräfte? Er glaubte an Zauberei, obwohl man ihm beigebracht hatte, es nicht zu tun. Sein Vater hatte einmal einen ganzen Nachmittag damit verbracht, ihm zu erklären, dass Geister durch Röntgenstrahlen erzeugt würden, wenn die Strahlen an weit entfernten Planeten abprallten. Doch Luis hatte seine eigenen Ansichten darüber und außerdem: Hatte er nicht schließlich auf Jonathans Spielkarten Aladins Wunderlampe gesehen – und die Aufschrift: *Capharnaum County / Magischer Zirkel*? Er war überzeugt, dass die Zauberei der Urgrund all dieser seltsamen Dinge war.

Außerdem war Luis überzeugt, dass er zuerst noch hinter ein anderes Geheimnis kommen musste, bevor er das Problem mit dem Garderobenständer und dem Glasmalfenster würde lösen können. Er musste herauskriegen, warum Jonathan Nacht für Nacht mit einer Taschenlampe durch das Haus schlich.

Luis hatte bemerkt, dass der seltsame Zwischenfall in seiner ersten Nacht in New Zebeedee Teil eines ständig wiederkehrenden Zeremoniells war. Jede Nacht, wenn es zwölf durch war, irrte Jonathan draußen suchend umher. Was er suchte, wusste Luis leider nicht.

Immer und immer wieder und genau wie in der ersten Nacht, hatte er gehört, wie die Dielen vor seiner Tür knarrten und Jonathan heimlich und auf Zehenspitzen hinunter in die Halle schlich, durch das Zimmer lief und Türen hinter sich schloss. Er hörte ihn über sich im dritten Stock, wo sich Jonathan tagsüber so gut wie nie aufhielt. Dann ging er wieder die Treppe hinunter, lief unschlüssig umher und stieß gegen irgendwelches Mobiliar. Vielleicht hatte er ja auch nur Angst vor Einbrechern? Möglich. Aber aus welchem Grund klopfte er dann die Wände ab?

Schließlich verstecken sich Einbrecher nur sehr selten mitten in Wänden.

Luis musste herausfinden, was es damit auf sich hatte. Und darum stieg er eines Nachts kurz nach zwölf so leise wie möglich aus seinem Bett und schlich auf Zehenspitzen und so behutsam es irgend ging durch das Zimmer. Aber die morschen Dielen knarrten doch unter seinen Füßen. Als er endlich die Tür erreicht hatte, war er nur noch ein zähneklapperndes Häufchen Unglück. Mehrmals wischte er sich seine Hände am Nachthemd ab und drückte dann die Klinke herunter. Er atmete einmal tief durch und machte sich dann auf den Weg hinunter in den dunklen Flur.

Luis hielt sich den Mund mit beiden Händen zu: Er war auf das herausragende Ende eines Nagels getreten. Eigentlich hatte es gar nicht so sehr wehgetan, aber Luis hatte eine Heidenangst vor Wundstarrkrampf. Als er sich dann wieder soweit beruhigt hatte, ging er weiter und tastete sich alsbald vorwärts Richtung Halle.

Aber wer glauben mag, dass Luis womöglich ein Meister im nächtlichen Herumirren wäre, der hat sich geirrt: Nachdem er sich nämlich den Kopf an einem schweren goldenen Bilderrahmen zum dritten Male gestoßen hatte, hörte er, wie Jonathan aus einem der anderen Zimmer nach ihm rief.

»Um Himmels willen, Luis! Hör doch auf, Sherlock Holmes zu spielen! Du eignest dich doch besser zum Doktor Watson. Komm her und leiste mir Gesellschaft. Ich bin in dem Schlafzimmer mit dem grünen Kamin.«

Luis war heilfroh, dass im Dunkeln niemand seinen roten Kopf sehen konnte. Und, na ja, wenigstens war Jonathan doch nicht verrückt.

Luis tastete sich durch die dunkle Halle, bis er eine offene Tür fand. Dort stand er, Jonathan, mitten im Dunkeln und mit einer Taschenlampe in seiner Hand.

Er ließ den Lichtkegel über die Kaminuhr streichen, ein kastenförmiges, schwarzes Etwas mit goldenen Griffen, genau wie bei einem Sarg.

»'n Abend, Luis. Oder Morgen. Das stimmt ja wohl eher. Hast du Lust, mich auf meinem Rundgang zu begleiten?«

Jonathans Stimme klang halb verschluckt und nervös. Einen Moment zögerte Luis noch, aber dann nahm er sich ein Herz. »Onkel Jonathan, was machst du denn da?«

»Halte die Uhren an. Tagsüber ist es ja ganz schön, wenn überall im ganzen Haus Uhren ticken, aber nachts halten sie doch bloß vom Schlafen ab. Du weißt ja, wie so was geht, Luis, tropfende Wasserhähne und all so was …«

Er plapperte nervös vor sich hin, drehte dabei die Uhr um, griff hinten hinein und hielt das kurze Pendel an. Dann gab er Luis ein Lichtzeichen, dass er ihm folgen sollte, und ging ins nächste Zimmer hinüber, wobei er vielleicht eine Prise zu aufgedreht seine Taschenlampe hin und her schwenkte. Luis ging hinter ihm her, aber er war irritiert. »Onkel Jonathan, warum machst du dazu eigentlich kein Licht an?«

Einen Moment lang verstummte sein Onkel. Dann sagte er wieder mit diesem nervösen Zittern in der Stimme: »Ach ja, Luis, du weißt ja, wie das so ist. Wenn ich von einem Zimmer in das nächste gehe und andauernd Licht an- und ausknipse … was glaubst du wohl, würden dann die Nachbarn denken? Und die Stromrechnung erst … Weißt du nicht, dass eine Stunde Licht ganz genauso teuer ist wie ein einziges An- und Ausschalten?«

Diese Erklärung konnte Luis dennoch nicht ganz überzeugen. Erstens hatte nämlich Onkel Jonathan vorher auch noch nie auch nur die leiseste Andeutung darüber gemacht, dass es ihn kümmerte, was die Nachbarn so alles dachten. Wenn er Lust hätte, morgens früh um drei in der Hollywoodschaukel unter dem Kastanienbaum zu sitzen und Saxophon zu spielen, würd er's tun. Zweitens hatte Jonathan schon öfter die Stehlampe in seinem Arbeitszimmer die ganze Nacht durchbrennen lassen. Er war ein nachlässiger Mann und nicht gerade der Typ, der sich um hohe Stromrechnungen den Kopf zerbrach. Zwar kannte Luis seinen Onkel erst seit drei Wochen, aber er hatte das Gefühl, dass er seinen Jonathan eigentlich doch schon ganz gut kannte.

Andererseits konnte er aber auch schlecht sagen: »Hör mal, Onkel Jonathan, du lügst ja, wenn du den Mund aufmachst!« Und darum folgte er also seinem Onkel in das nächste Zimmer, das zweitbeste Badezimmer im zweiten Stock. Es hatte auch einen Kamin, einen weiß gekachelten nämlich, und oben auf dem Sims summte eine weiße Plastikuhr. Ohne ein Wort zu sagen, stellte Jonathan sie ab und ging weiter ins nächste Zimmer, wo er sich an einer Kirschholzuhr zu schaffen machte, deren Pendel als Gewicht drei Quecksilbersäulen hatte. Und dann weiter in das nächste Zimmer.

Als letzte kam die große Standuhr im Arbeitszimmer an die Reihe. Jonathans Arbeitszimmer hatte eine sehr hohe Decke und an den Wänden türmten sich die Bücher bis oben hin. Da gab es einen dicken, unförmigen braunen Ledersessel, der einen zischenden Ton von sich gab, wenn man sich hineinsetzte. Und, natürlich, auch hier gab es einen Kamin und das Feuer darin brannte noch immer. In der Ecke gegenüber, neben der Schiebetür, die zum Esszimmer führte, stand die große dunkle Uhr. Die Messingscheibe des Pendels reflektierte schwach das Licht, das von dem verlöschenden

Kamin herüberdrang. Jonathan griff hinein und hielt die lange schwarze Stange fest. Die Uhr blieb stehen.

Jetzt, am Ende des seltsamen Rundgangs, verfiel Jonathan in Schweigen. Er schien nachzudenken, ging hinüber zum Kamin, stocherte etwas im Feuer umher und legte noch ein Scheit auf. Er warf sich in den Ledersessel und deutete auf den grünen Sessel auf der anderen Seite des Kamins.

»Setz dich, Luis. Ich möchte mit dir reden.«

Luis fragte sich, ob es jetzt einen Anranzer setzen würde, weil er seinem Onkel nachspioniert hatte. Aber es sah ganz und gar nicht danach aus. Jonathan sah ganz freundlich aus, obwohl seine Stimme noch immer jenen Unterklang von vorhin hatte. Luis nahm Platz und schaute zu, wie Jonathan seine Wasserpfeife in Gang brachte. Luis hatte ihm schon immer gern dabei zugesehen. Die Wasserpfeife hatte die Form einer spanischen Galeere und das Krähennest am Hauptmast war der Pfeifenkopf. Der Rumpf des Schiffes war voller Wasser, um den Rauch zu kühlen, und oben auf der Krümmung zum Mundstück stand ein winziger Bootsmann aus Keramik, der seinerseits eine Pfeife zwischen den Lippen hielt. Vom Heck des Schiffes führte ein langer Schlauch zu einem Mundstück aus Gummi. Wenn man in den Schlauch hineinblies, stieg von dem brennenden Tabak im Krähennest eine lange Rauchsäule auf und der Bootsmann paffte *fffchiih* kleine Rauchwölkchen aus seiner Pfeife. Manchmal, wenn Jonathan einen Fehler machte und zu viel Wasser in den Schiffsrumpf füllte, machte der Bootsmann nur *blllupp* und stieß Blasen hervor.

Als Jonathan die Pfeife richtig in Gang gebracht hatte, nahm er einen ganz tiefen Zug, blies den Rauch langsam wieder aus und sagte: »Luis, ich glaube, es ist besser für dich, wenn du dich ruhig ein bisschen fürchtest, als wenn du deinen Onkel für einen verrückten alten Geheimniskrämer halten musst.«

»Das tu ich doch aber gar nicht«, sagte Luis.

Jonathan lachte. »Aber du denkst *doch*, ich hätte sie nicht mehr alle beieinander. Und, na, nach heute Nacht, nach all dem, was du da so erlebt hast, kann ich dir das auch kaum verdenken.«

Luis wurde rot. »Aber nein, Onkel Jonathan! Das habe ich doch niemals gedacht. Das weißt du doch, dass …«

Jonathan lächelte. »Aber natürlich weiß ich. Aber wie dem auch sei, ich denke, es ist besser, wenn du über diese Uhrengeschichte Bescheid weißt. Alles kann ich dir nicht erzählen, weil ich selbst nicht alles weiß. In Wirklichkeit gibt es Augenblicke, in denen ich meine, kaum etwas darüber zu wissen. Aber was ich weiß, will ich dir erzählen.«

Er schlug die Beine übereinander, setzte sich zurück und zog dabei emsig an der Pfeife. Luis saß in dem großen grünen Sessel weit vorgebeugt. Nervös bewegte er seine Hände hin und her und sein Blick war starr auf Jonathan gerichtet. Nach einer kurzen dramatischen Pause und einem besonders langen Zug aus seiner Galeeren-Pfeife begann Jonathan zu erzählen.

»Ich habe nicht immer in diesem Haus hier gewohnt, Luis. In Wirklichkeit bin ich erst vor fünf Jahren hierher gezogen. Ich wohnte damals in der Spruce Street, in der Nähe der Wasserwerke. Aber als der alte Eigentümer starb und das Haus billig zu haben war und das bedeuten würde, dass ich der Nachbar meiner alten Freundin Mrs. Zimmermann …«

»Wem hat denn das Haus hier früher gehört?«, unterbrach ihn Luis.

»Darauf wollte ich ja gerade kommen.

Sein Name war Isaac Izard, Anfangsbuchstaben I. I.,

genau wie die römische Zahl II. Du kannst dieses doppelte *I* auf allen möglichen Dingen in diesem Haus erkennen, eingeritzt in die Holztäfelungen, in die Dielen, in Schränke, in die Sicherungskästen, in die Kamineinfassungen – überall. Du kannst sogar eins in dem Muster der Tapete oben im vorderen Flur erkennen.« Jonathan hielt für einen Moment inne und machte ein gedankenverlorenes Gesicht. »Muss da mal eine andere Tapete ... äh ... ja, zurück zum Thema. Also, der alte Isaac Izard – komischer Name, nicht? Mrs. Zimmermann meint, der stammt von *izzard* ab, was in manchen Gegenden für *zed* gebraucht wird, das Wort, das die Engländer nehmen, um den Buchstaben Z zu bezeichnen. Ich stimme der Theorie von Mrs. Zimmermann voll zu, denn ich hab selbst keine bessere. Und außerdem ist sie ja selbst eine Z-Frau, also müsste sie's eigentlich wissen. Aber, wie gesagt, irgendwann, *irgendwann* werde ich dir etwas Näheres darüber sagen können, Luis ...« Wieder nahm er ein paar Züge aus seiner Pfeife und rutschte in seinem Sessel umher, um bequemer zu sitzen. »Wie gesagt, der alte Isaac war ein Dämon.«

»Was ist denn das?«

Jetzt sah Onkel Jonathan sehr ernst aus. »So nennt man auch männliche Hexen.«

Luis lief es kalt den Rücken hinunter. Dann, plötzlich, wie aus heiterem Himmel, kam ihm ein seltsamer Verdacht: »Bist du auch eine?«, fragte er mit leiser, ängstlicher Stimme.

Jonathan sah ihn mit seltsamem Lächeln an. »Würde es dir Angst machen, wenn es so wäre?«

»Nein. Ich hab dich doch furchtbar gern und von mir aus könntest du ruhig ein Dämon sein, wenn es dir Spaß macht, würde ich annehmen. Du wärst bestimmt kein schlechter, das weiß ich genau.«

»Kommt darauf an, was du unter ›schlecht‹ verstehst«, sagte Jonathan und kicherte. »Wenn du es so meinst, dass ich kein böser Zauberer bin, dann hast du Recht. Wenn du meinst, dass ich gar nicht schlecht zaubern kann ... na ja, ich weiß nicht recht. Ich zaubere mehr nur so für den Hausgebrauch, obwohl ich da ein paar Tricks auf Lager habe, die über Kaninchen und Kartentricks hinausgehen.«

»So was wie bemalte Fenster und vielleicht Garderobenständer?«, fragte Luis und grinste spitzbübisch.

»Ja, genau so was. Und damit du *ganz und gar* beruhigt bist, will ich dir noch sagen, dass Mrs. Zimmermann auch eine Zauberin ist, obwohl man in ihrem Falle eigentlich mehr von einer ›Hexe‹ sprechen sollte.«

»Könntest du nicht einen anderen Namen für sie finden?«, fragte Luis schüchtern.

»Na ja, sie selber nennt sich lieber ›Magierin‹ oder ›Fee‹, aber ich bring so was einfach nicht heraus, ohne mir die Zunge zu brechen, na ja, und darum bleibt sie für mich Florence, die alte Hexe. In Wirklichkeit ist sie eine bedeutend ernst zu nehmendere Zauberer-Person als ich. 1922 hat sie ihren Dr. mag. – das heißt ihren *Doctor Magicorum Artium* – an der Universität Göttingen in Deutschland gemacht. Ich habe bloß meinen kleinen Diplomabschluss vom Michigan Agricultural College.«

»In welchen Fächern denn?«, wollte Luis wissen, als ob er Jonathan eine Stellung vermitteln wollte. Ihn interessierte tatsächlich, was Jonathan am College gemacht hatte. Seine beiden Eltern hatten das College besucht und sie hatten ihm immer eine Menge davon erzählt.

»Welche Fächer?«, fragte Jonathan mit rotem Kopf. »Welche Fächer? Na was schon. Landwirtschaft eben und Haustierhaltung und so was alles. Eigentlich hatte ich ja auch Bauer werden wollen … bis mein Großvater starb und mir einen ganzen Batzen Geld hinterließ. Aber zurück zu Isaac Izard. Interessiert's dich denn überhaupt noch?«

»O ja! Natürlich. Bitte, erzähl weiter. Ich möchte das alles wissen.«

»Isaac also war, wie ich schon sagte, ein Zauberer. Er hat da seine Hände in der schwarzen Magie gehabt und das ist das Schlimmste, was ein Zauberer tun kann. Ich kann nun nicht beurteilen, ob alles, was er gemacht hat, wirklich schlecht war – nicht mit Sicherheit –, aber ich würde doch sagen, dass er ein übler Bursche war. Ein ganz übler Bursche sogar. Mrs. Zimmermann glaubt das auch, schließlich war sie jahrelang seine Nachbarin. Du wirst sie natürlich auch noch selber ausfragen müssen, was ihn angeht, aber an wie vielen Abenden haben wir bei ihr hinten im Hof gestanden und hinaufgesehen und das fratzige Gesicht des alten Isaac im Turmfenster oben beobachtet. Er hatte immer eine Öllampe in der Hand und starrte einfach in die Nacht hinaus. Mrs. Zimmermann meint sogar, dass er auch tagsüber oben im Turmzimmer zu sitzen pflegte. Sie meint, er hätte sich irgendwelche Notizen gemacht.«

»Manometer, das ist aber wirklich unheimlich. Warum hat er sich denn Notizen gemacht?«

»Weiß der Himmel, Luis. Aber ich glaube kaum, dass sie zu irgendetwas nütze waren. Jedenfalls, um weiterzuerzählen … es muss schon ganz schön spät sein, aber ohne die Uhren bin ich völlig hilflos, was das betrifft. Wo war ich noch? Ach ja. Der alte Isaac starb während eines furchtbaren Gewitters, einem der schlimmsten überhaupt in der Geschichte von Capharnaum County. Du kannst es im *New Zebeedee*

Chronicle nachlesen, wenn du Spaß dran hast: Schuppendächer flogen durch die Luft, Bäume wurden entwurzelt und ein Blitz ließ die Eisentore der Gruft, in der Isaac jetzt begraben liegt, einfach wegschmelzen. Irgendwann zeig ich dir die Gruft mal. Hässlich, alt, dumpfig – eins von diesen kleinen Steingemäuern für die angesehenen Toten. Auf unserem Friedhof gibt es eine ganze Reihe davon und manche sehen wirklich seltsam aus. Isaacs Familie hatte diese Gruft jedenfalls um 1850 errichten lassen, aber sie war nie benutzt worden, bis man dann Isaacs Frau dort beisetzte. Sie war vor ihm gestorben.«

»Was war sie denn für eine?«

»Ganz schön eigenartig. Kein Wunder … wenn sie ausgerechnet Isaac Izard heiraten musste. Ich kann mich an sie nicht mehr erinnern, höchstens an ihre Brille.«

Luis starrte ihn an. »An ihre Brille?«

»Ja. Ich bin ihr einmal auf der Straße begegnet und da hat sie sich umgedreht und mich angesehen. Es kann natürlich auch daran gelegen haben, dass die Sonne sich in ihren Brillengläsern spiegelte, aber ich erinnere mich daran, dass es mir vorkam, als würden sich zwei runde eisiggraue Lichtflecken mitten in mich hineinbohren. Ich habe mich zur Seite gedreht und die Augen zugemacht, aber diese beiden kalten Flecken waren nicht wegzukriegen. Eine ganze Woche lang hab ich Alpträume davon gehabt.«

»Wie ist sie denn gestorben?« Luis malte sich aus, wie Mrs. Izard mitten in einem Wirbelsturm von einer Klippe gefallen oder wie sie sich vom Turm des Hauses in die Tiefe gestürzt hatte.

»Wie? In aller Stille und auf ziemlich geheimnisvolle Art und Weise. Ohne Beerdigung. Nur ein paar reichlich zwielichtige Gestalten waren von außerhalb gekommen und hatten Isaac geholfen, sie unter die Erde zu bringen. Danach zog er sich zurück. *Weiter* zurück, sollte man sagen. Die beiden hatten schon immer wie Einsiedler gelebt, aber nach ihrem Tod schloss er sich regelrecht ein. Er hatte einen hohen Bretterzaun zwischen seinem und dem Haus von Mrs. Zimmermann errichtet, den ich dann sofort nach meinem Einzug hier wieder abreißen ließ.« Er lächelte zufrieden. Luis begriff, dass sein Onkel Jonathan sich sehr wohl fühlte in der High Street Nummer 100, trotz der Tatsache, dass der alte Isaac Izard das Haus zur Stätte seines Treibens gemacht hatte.

»Ist das die ganze Geschichte?«, fragte Luis vorsichtig.

»O nein, noch lange nicht. Jetzt geht's erst richtig los. Aber ich Egoist paffe hier an meiner Galeere herum und du hast überhaupt nichts. Komm, gehen wir in die Küche und holen uns erst mal zwei Glas Milch und ein paar Schokoladenkekse, okay?«

»Au ja!«, sagte Luis, der für sein Leben gern Schokoladenkekse aß, sogar noch lieber als Welch's Kremriegel.

Ein paar Minuten später saßen sie wieder im Arbeitszimmer an dem leise vor sich hin prasselnden Feuer und aßen Kekse. Da fiel plötzlich ein Buch aus dem Bücherregal. *Flopp.* Und noch zwei. *Flopp, Flopp.* Luis starrte auf die schwarze Lücke zwischen den Bücherrücken. Eine lange, welke, knochige Hand kam daraus hervor und schien nach irgendetwas greifen zu wollen.

Luis saß da wie vom Blitz getroffen, doch Jonathan lächelte nur: »Ein bisschen weiter nach links, meine Liebe. Ja, genau. Jetzt hast du's.«

Man hörte, wie eine Klinke heruntergedrückt wurde und ein großer Teil des Einbauschranks schwang nach vorne aus. Immer mehr Bücher fielen zu Boden. Und dann stand sie da, Mrs. Zimmermann, und ein Spinnennetz hing von ihrem linken Brillenglas herab. Ihre Ärmel waren bedeckt mit weißlichem Staub.

»'ne feine Art, eine Geheimtür zu bauen«, grummelte sie. »Klinke im Zimmer statt draußen im Gang.«

»Das macht das Ganze noch ein bisschen mysteriöser, Puppenfratz. Wie du dir sicherlich schon gedacht hast, Luis, das Haus hier hat tatsächlich einen Geheimgang. Man betritt ihn vom Geschirrschrank in der Küche aus. Nun komm schon, Florence. Ich erzähle Luis gerade von der eingemauerten Uhr.«

Mrs. Zimmermann sah ihn an, als wollte sie sagen: ›Ob das nun ein guter Einfall ist?‹ Aber sie zuckte nur mit den Schultern und nahm sich von der Milch und den Keksen.

»Gute Kekse«, sagte sie kauend, »sehr gut sogar.«

»Das sagt sie immer. Weil sie sie selber macht«, erklärte Jonathan und nahm sich noch zwei. »So, und jetzt, wo alle Mäuler gestopft sind, meins auch, kann ich ja wohl weitererzählen. Wo waren wir? Ach ja. Also, ich war noch nicht einmal richtig eingezogen, da hatte ich auch schon das bestimmte Gefühl, hier stimmt was nicht. Im ganzen Haus war so etwas wie ein lauschendes Schweigen. Und dann hörte ich es.«

»Hörtest *was*?« Das war Luis, der inzwischen ganz in eine Ecke seines Sessels gekauert dasaß und sogar vergessen hatte, seinen Keks zu Ende zu essen.

»Die Uhr. Du kennst das doch auch: Man kann in einem Zimmer sein, in dem eine Uhr tickt, aber eine ganze Weile bemerkt man das Ticken überhaupt nicht. Und dann erst, wenn alles ganz, ganz still ist und man an nichts Bestimmtes denkt – da ist es dann plötzlich!«

»Wo?« Luis war aufgesprungen und blickte entgeistert um sich.

Jonathan lachte. »Nein, nein, nein. Ich wollte dich doch nicht erschrecken. Ich wollte nur sagen, ich hörte es zum ersten Mal in diesem Zimmer. Es tickte überall in den Wänden. Wenn du willst, geh mal rüber zu der Wand da und horch doch mal dran.«

Luis stand auf und ging zu der Bücherwand. Er legte sein Ohr an eine Reihe in schwarzes Leder gebundener Bände und lauschte. Plötzlich weiteten sich seine Augen.

»Da *ist* es, Onkel Jonathan! Es ist wirklich da!« Seine Entdeckung hatte ihn aufgeregt gemacht, aber dann nahm sein Gesicht einen ganz anderen Ausdruck an und er fragte ängstlich: »Was soll das, Onkel Jonathan? Wozu soll das gut sein?«

»Ich hab nicht die leiseste Idee«, sagte Jonathan, »ich weiß eben bloß, dass ich es nicht mehr hören will. *Deshalb* habe ich ja diese ganzen albernen Uhren. Ich schwärme zwar auch nicht gerade für die ewige Tickerei und den Höllenlärm, den sie pünktlich Stunde für Stunde veranstalten, aber wenn schon denn schon lieber meine Uhren als seine.«

Jonathan sah jetzt grimmig aus, zwang sich zu einem gequälten Lächeln und fuhr fort: »Du wirst dich vielleicht fragen, warum ich nicht einfach die Wand einreiße und die Uhr heraushole. Weißt du, das würde gar nichts helfen. Es klingt, als wär es hinter *jeder* Wand, auf dem Dachboden, im Keller, in den Arbeitszimmern, Abstellräumen und den Korridoren. Und manchmal hört es sich an, als ob es langsamer wird. Ich hoffe ja immer noch, dass es bald mal ganz aufhört. Aber dann wird es mit einem Mal wieder schnell und schneller. Ich weiß einfach nicht, was ich machen soll.« Echte Hoffnungslosigkeit lag in seiner Stimme und einen Moment lang dachte Luis, sein Onkel würde zu weinen anfangen. Doch da mischte sich Mrs. Zimmermann ein.

»Ich will dir nur sagen, was du in jedem Falle *nicht* tun solltest, Jonathan Barnavelt. Du solltest Luis nicht mit etwas ängstigen, wovon du selber nichts weißt. Schließlich kann das Ticken durchaus irgendein übriggebliebener Zauberunfug von dem alten Schwachkopf sein. Oder Klopfkäfer. Oder einfach eine bestimmte Halluzination, genau wie in den Häusern, die noch Flüstergewölbe haben. Ich habe auch manchmal so ein komisches Brummen in meinem Kopf. Das dauert seine Weile und dann geht es von ganz alleine wieder weg.«

Jonathan machte ein gequältes Gesicht. »Ach, Florence, es hat doch einfach keinen Zweck, drum herum zu reden. Du glaubst nicht, dass es etwas Harmloses ist, und ich glaube es auch nicht. Ich meine bloß, dass es besser für ihn ist, wenn er über die Uhr Bescheid weiß, als dass er glaubt, sein Onkel wär reif für die Klapsmühle. Er hat mich nämlich dabei erwischt, dass ich meine abendlichen Runden drehe.«

»Na ja«, sagte Mrs. Zimmermann, »lassen wir die Klapsmühle mal beiseite, aber wenn Onkel Jonathan uns morgen wirklich zum Picknick mitnehmen will, sollte er langsam sehen, dass er hoppeldipoppel in sein Heiabettchen kommt.« Aus den Falten ihres Kleides holte sie eine silberne Uhr an einer langen Kette hervor. Sie klappte den Deckel auf und verkündete, es sei bereits drei Uhr.

Jonathan blickte erstaunt auf. »Tatsächlich? Grundgütiger Himmel, ich wusste ja nicht, dass …«

»Bitte, Onkel Jonathan«, sagte Luis dazwischen, »kannst du mir bitte noch eins erklären?«

»Na klar, Luis, was denn?«

Luis sah nervös und verlegen aus. »Na ja, wenn alle die Uhren das Ticken der einen in der Wand übertönen sollen, warum stellst du sie dann gerade nachts ab?«

Jonathan seufzte. »Ich stelle sie ja nicht jede Nacht ab. Manchmal gehe ich nur so umher und schau noch mal durch alle Zimmer. Das beruhigt mich irgendwie. Ich weiß auch nicht warum. Aber in manchen Nächten, genau wie jetzt, überkommt mich einfach das Bedürfnis, der ewigen Tickerei ein Ende zu machen. Ich habe dann das Gefühl, wenn das Haus ganz ruhig wäre, absolut still, dass ich dann vielleicht die richtige Uhr, ich meine die verzauberte, hinter einer bestimmten Wand oder in einem bestimmten Winkel entdecken könnte. Aber es klappt nie und ich komme mir jedes Mal reichlich verrückt dabei vor.«

Luis blickte immer noch verwirrt vor sich hin. »Wenn es eine Zauberuhr ist«, sagte er langsam, »wäre sie dann nicht unsichtbar? Ich meine, etwas, das man nicht mit Händen greifen kann?«

Jonathan schüttelte den Kopf. »Nicht unbedingt, Luis. Die meisten magischen Erscheinungen setzen sich aus handfesten, alltäglichen Dingen zusammen. Aus Dingen, von denen man sagt, dass sie verflucht worden seien. Eine Hexe, die ich kannte, hat einmal versucht, ihren Widersacher dadurch umzubringen, dass sie ein Foto von ihm unter das fließende Wasser aus ihrer Regenrinne legte. Ihr Plan sah vor, dass er sterben sollte, sobald sein Gesicht auf dem Bild ausgewaschen sein würde. Das ist eine ganz verbreitete Methode. Nein, nein, Luis. Es handelt sich schon um eine richtige Uhr wie die alte Standuhr da drüben. Sie ist eben bloß verzaubert. Aber zu welchem Zweck sie verzaubert ist, kann ich dir um alles in der Welt nicht sagen.«

»Das Einzige, was ich sagen kann, alter Zauberbart«, sagte Mrs. Zimmermann und ließ ihre Uhr wie ein Pendel vor Jonathans Augen hin- und herschwingen, »ich weiß, dass wir morgen allesamt wie Schlafmützen aussehen werden, wenn wir jetzt nicht wenigstens ein bisschen Schlaf in die Augen kriegen. Luis, marsch ab ins Bett. Jonathan, du auch. Ich wasch noch schnell die Teller ab und stell die Milch wieder weg.«

Später, oben in seinem Zimmer, stand Luis genau in der Mitte auf dem Boden und starrte auf einen Streifen geblümter Tapete neben dem Kamin. Schnell ging er hinüber zur Wand und lehnte sein Ohr dagegen. Ja, auch hier war das Ticken. Er ging durch das Zimmer zur anderen Wand hinüber und horchte auch dort. Das Ergebnis war genau dasselbe.

Luis ging zurück in die Mitte des Zimmers und begann dann ganz plötzlich auf und ab zu gehen, und zwar mit schnellen energischen Schritten, die Hände hinter dem Rücken verschränkt, so wie er es bei seinem Vater beobachtet hatte, wenn er wütend gewesen war. Er schritt auf und ab und versuchte logisch zu denken. Aber die Logik erwies sich nicht als das geeignete Mittel, was die eingemauerte Uhr betraf. Und deshalb gab Luis schließlich auf. Er sprang in sein Bett und schlief ein.

III. KAPITEL

Am ersten Montag nach dem Maifeiertag ging Luis zum ersten Mal in die Schule in New Zebeedee und nach kurzer Zeit hatte er die mysteriöse, eingemauerte Uhr völlig vergessen. Er hatte jetzt genug eigene Sorgen.

Dabei waren diese Sorgen keineswegs neu. Es waren die üblichen Probleme, die ein dicker Junge eben hat, der nicht Baseball spielen kann, Probleme, die ihn überallhin verfolgen. Luis war schon seit Jahr und Tag zu dick gewesen, jedenfalls konnte er sich nicht daran erinnern, jemals dünner gewesen zu sein. Sein ganzes Leben lang – zehn ganze lange Jahre – hatte er es ertragen müssen, wie die anderen Kinder hinter ihm herriefen:

Fettwanst, Fettwanst, ha, so klein,
passt nicht mal zur Haustür rein!

Manchmal hatte er nicht übel Lust, die Kinder gehörig zu verdreschen, die sich da so über ihn lustig machten, aber er verstand nichts vom Boxen und war auch nicht sonderlich stark. Das war zum Beispiel auch so ein echtes Problem. Aber das Schlimmste überhaupt war das mit dem Baseball. Luis drehte sich noch immer einmal ganz um sich selber herum, wenn er mit dem Schläger den Ball treffen wollte, aber statt des Balls flog dann immer der Schläger weg. Zu Anfang hatte er versucht, das zu vertuschen, indem er sagte: »Passt auf, ich werf jetzt den Schläger«, aber die anderen Kinder sagten dann immer: »Na gut. Wenn du den Schläger wirfst, gibt's Kloppe. Du musst ihn in der Hand behalten, wenn du Schwung holst, oder du kannst eben nicht spielen, basta.«

Das sagten sie jedenfalls dann, wenn sie ihn überhaupt mitspielen ließen und das kam nicht gerade oft vor. Meistens, wenn er sich aufstellte, um für eine Mannschaft gewählt zu werden, blieb er immer bis als Letzter übrig und der Mannschaftskapitän, der ihn am Schluss dann nehmen musste, sagte für gewöhnlich: »Warum müssen *wir* den denn kriegen? Im Feld taugt er nichts, schlagen kann er nicht, fangen kann er nicht und werfen und laufen kann er erst recht nicht. Lasst uns lieber mit einem Mann weniger spielen.«

Was sie da so über Luis sagten, stimmte vollkommen. Manchmal kam es vor, dass ein Neuer oder sonst irgendein netter Junge Mannschaftskapitän wurde und Luis in seine Mannschaft wählte. Aber wenn Luis mit dem Schlagen an der Reihe war, schlug er meistens daneben. Wenn er den Ball ausnahmsweise mal richtig traf, prallte er gleich bei irgendjemandem ab und so hatten die anderen ihn immer gleich. Oder er landete genau am ersten Haltefeld. Wenn seine Mannschaft dagegen im Feld war, sorgten die Jungen dafür, dass Luis auf der rechten Seite eingesetzt wurde, weil nur sehr wenige Bälle auf diese Seite geschlagen wurden. Aber wenn wirklich mal einer kam, ließ Luis ihn mit Sicherheit fallen, außer wenn er ihm genau auf den

Kopf fiel. Dann stolperte er vorwärts und rückwärts, um dem Ball einigermaßen auf der Spur zu bleiben, aber jedes Mal, wenn der da so hoch über seinem Kopf in der Luft schwebte, wurde ihm dabei schwindlig und er bedeckte sein Gesicht mit seinem Handschuh und schrie »nein, nein, nein«, wenn der Ball herunterkam. Nach einiger Zeit ließen ihn sogar die netten Jungs links liegen.

Eines schönen Nachmittags, nachdem sich das übliche Theater abgespielt hatte und Luis heulend vom Spielfeld gerannt war, weil die anderen Kinder ihn nicht mitspielen lassen wollten, fand er sich plötzlich am Schlagmal eines Baseballfeldes wieder, das an diesem Tag nicht benutzt wurde. Vor seinen Füßen lag ein Schläger, ein dickes, altes Stück mit gesplittertem Griff, der mit schwarzem Isolierband umwickelt war. Daneben lag ein Baseball oder vielmehr das, was davon übriggeblieben war – ein schmutziges, klebriges, eierförmiges Etwas, das mit Schnur umwickelt worden war. Luis nahm den Ball und den Schläger, warf den Ball in die Luft und holte aus. Er traf ihn nicht. Also nahm er den Ball wieder auf und probierte es noch einmal. Wieder ging es daneben. Er war gerade bei seinem dritten Versuch, als hinter ihm jemand sagte: »Das machst du doch völlig verkehrt.«

Luis drehte sich um und sah einen mageren Jungen etwa in seinem Alter, der neben dem Fahrradständer hockte. Er hatte einen backsteinroten Wuschelkopf und trug seinen rechten Arm in einer Schlinge. Der Junge hieß Tarby.

Jeder in der Schule kannte Tarby. Sogar Luis hatte von ihm gehört, obwohl er erst ein paar Monate in New Zebeedee war. Praktisch jeder in New Zebeedee und fast ganz Capharnaum County wusste, wer Tarby war, wenigstens kam es Luis so vor. Tarby war der beliebteste Junge der ganzen Schule, ein richtiger Lausejunge, der mit seinem Fahrrad mitten durch Lagerfeuer hindurchraste und hoch auf die Bäume kletterte. Alle Mädchen schwärmten für ihn und er war Spitze am Abschlag beim Baseball. Er wurde grundsätzlich als Erster für eine Mannschaft gewählt, sodass die Jungs ihn meistens gleich erst mal zum Mannschaftskapitän machten, um dem ewigen Hin und Her zu entgehen, das jedes Mal darum veranstaltet wurde, welche Mannschaft ihn nun bekommen würde. Aber jetzt hockte er da mit seinem Arm in der Schlinge und sah zu, wie Luis sich vergeblich abmühte, den Ball zu treffen.

»Ich hab gesagt, du machst das völlig verkehrt. Du musst mit den Füßen fest auf dem Boden bleiben. Und der Schwung muss aus der Hüfte kommen. So, pass auf, ich zeig's dir.«

Tarby sprang auf die Füße und ging zu Luis hinüber. Er griff nach dem Schläger und hielt ihn fest mit einer einzigen Hand.

»Los jetzt«, sagte er, »lauf und wirf ihn her. Wirf ihn so in Normalhöhe her.«

Luis hatte noch nie gesehen, dass jemand versucht hätte, mit nur einer Hand den Ball zu treffen. Er hatte Angst, dass Tarby ihn verfehlen könnte, wütend werden und nach Hause gehen würde. Mit einem nervösen Grinsen warf Luis den Ball in Richtung Abschlag. Tarby holte aus und traf den Ball. *Klack!* Er traf den Ball mit dem etwas schwächlich-hohlen Klang, den splittrige Schläger nun mal haben, und dann flog er in schnurgerader Richtung direkt ins Mittelfeld. Das hätte einen glatten Sololauf gegeben.

»Hast du gesehn? Und das bloß mit einem Arm. Mit zweien solltest du das eigentlich auch hinkriegen. Los, lass mich jetzt werfen.«

Luis verließ den erhöhten Werferposten und nahm Tarby den Schläger aus der Hand.

»Ich wusste nicht, dass du dir den Arm gebrochen hast«, sagte Luis schüchtern. »Wie ist denn das passiert?«

»Bin vom Baum gefallen beim Klettern. So mit'm Kopf zuerst, wie im Affenhaus. Ist schon in Ordnung. Wird schon wieder.«

Tarby ging zur Abwurfstelle. Luis klopfte und fuchtelte derweil mit dem Schläger herum, wie er es bei George Kell im Briggs Stadion in Detroit gesehen hatte. Aber als Tarby den Ball warf, verfehlte er ihn – wie gehabt.

In den folgenden zwei Wochen trafen sich Tarby und Luis regelmäßig jeden Tag nach der Schule und übten. Langsam, ganz allmählich, wurde Luis' Schlagtechnik besser und es gelangen ihm sogar ein paar echte Mittelfeldschläge. Aber es geschah noch etwas sehr viel Wichtigeres: Luis und Tarby wurden Freunde. Tarby mochte Luis' witzige Sprüche und Luis stellte fest, dass Tarby einige von den Kindern, die er nicht mochte, auch nicht ausstehen konnte. Luis war begeistert davon, wie Tarby Mrs. Fondrighter, eine ziemlich blöde Lehrerin, nachmachen konnte. Mrs. Fondrighter nannte ihren Ehemann immer ›Jerrold‹, was sich ja eigentlich ziemlich komisch anhörte. Tarby bog das eine Ende eines Zweiges zu einer Schlaufe herum und sagte mit hoher Stimme: »Was *pfählt* dirrr ein, Jer*rollld*, solche Sachen zu sagen!?«

Dann saßen Luis und Tarby zusammen und beratschlagten, was sie mit Carol Kay Laberdeen anstellen konnten, einem rotzfrechen Gör aus der sechsten Klasse, die sich alles herausnehmen konnte, bloß weil ihr Vater bei der Schulbehörde war. Es war gewöhnlich bereits dunkel, wenn Luis und Tarby sich am Briefkasten an der Ecke High Street verabschiedeten.

Eines Nachmittags Anfang Oktober waren die beiden wieder draußen auf dem Sportplatz und übten hohe und niedrige Bälle. Luis hatte schon so viel gelernt, dass er Tarby ein paar ganz beachtlich hohe Bälle verpassen konnte. Tarbys Arm war zwar immer noch in Gips, aber er parierte die Linienbälle und fing die Schmetterbälle genauso sicher, als ob er zwei Hände freigehabt hätte.

Luis war im Feld. Es wurde schon dunkel und er konnte den Ball nicht mehr genau erkennen, außerdem langweilte er sich ein bisschen. Also stand er gedankenverloren herum oder er ›döste‹, wie Tarby das zu nennen pflegte.

Er wollte Tarby eine Freude machen. Mit etwas, was ihn wirklich beeindrucken würde und ihn noch mehr zu seinem Freund machte. Vielleicht konnte er ja Onkel Jonathan dazu überreden, Tarby eines seiner Zauberkunststücke vorzumachen. Ja, das wär was! Allerdings zögerte Luis einen Moment, weil ihm einfiel, dass Jonathan sich selber ja nur als einen ›Zauberer für den Hausgebrauch‹ bezeichnet hatte, also einen, der Kaninchen aus einem Hut zaubern und einem sagen konnte, was für eine Karte man in der Hand hielt. Aber er hatte schließlich *auch* gesagt, dass er noch ein paar andere Tricks auf Lager hätte …

Luis dachte noch ein wenig darüber nach. Doch, bestimmt, Jonathan konnte das. Jeder, der es fertig brachte, dass sich die Bilder auf Glasfenstern plötzlich veränderten, war genau der Richtige für das, was Luis im Sinn hatte. Und Luis glaubte sich doch zu erinnern, dass Jonathan ihm erzählt hatte, dass er so was konnte.

»He, Luis! Ich hab dir den Ball schon vor fast sechs Stunden zugeschlagen. Träumst du?«

Luis sah auf. »Hm? Oh … ja … natürlich. Tut mir

leid, Tarby. Sag mal, möchtest du mal sehen, wie mein Onkel eine Mondfinsternis macht?«

Tarby sah ihn fassungslos an. »Was sagst du da?«

»Ich hab gesagt … ach, komm, Tarby, lass uns nach Hause gehen. Es ist sowieso schon zu dunkel. Komm jetzt und ich werd dir alles über meinen Onkel Jonathan erzählen. Er ist nämlich ein echter Zauberer.«

Die Straßenlaternen brannten bereits und die beiden spielten Einkriegezeck auf dem Heimweg. Luis versuchte immer wieder, von Onkel Jonathans magischen Fähigkeiten zu erzählen, aber er musste feststellen, dass Tarby kaum zu überzeugen war.

»Klar, ich *wette*, dass dein Onkel eine Mondfinsternis machen kann. Ich wette echt drauf. Wahrscheinlich sitzt er in seinem Zimmer, trinkt etliche Flaschen Bier und dann geht er nach draußen, starrt den Mond an und der drreht sich … und … d-d-drrreeht sich.« Tarby stolperte auf den Fahrdamm und rollte mit den Augen.

Luis hätte ihm am liebsten eine runtergehauen, aber er wusste, dass Tarby ihn leicht unterkriegen konnte und darum sagte er bloß: »Willste sehn?«

»Klaah«, sagte Tarby voller Hohn, »das will ich sehn.«

»In Ordnung«, sagte Luis. »Ich werde ihn heute Abend fragen. Wenn er einverstanden ist, sag ich dir Bescheid.«

»Na, ich hoff ja bloß, ich muss nicht zu lange warten«, sagte Tarby sarkastisch. »Ich bin nämlich scharf drauf zu sehn, wie der alte Schmerbauch den Mohohond, den Mo-ho-hoond-haha …«

»Hör auf, hör doch auf, dich über meinen Onkel lustig zu machen.« Luis' Gesicht war knallrot. Ihm war richtig zum Weinen zumute.

»Versuch doch, mich dran zu hindern«, sagte Tarby.

»Das kann ich nicht. Das weißt du ganz genau«, antwortete Luis.

Tarby machte also weiter mit seinem Mohohond-Geheul bis zu dem khakifarbenen Briefkasten am Anfang der High Street. Als sie sich diesmal trennten, sagte Luis nicht »Auf Wiedersehen« zu Tarby. Er winkte nicht einmal. Aber als er das Tor von High Street Nummer 100 hinter sich geschlossen hatte, war sein Zorn wenigstens mehr oder minder verraucht und so ging er schnell hinein, um seinem Onkel Guten Abend zu sagen. Er kam gerade dazu, wie Onkel Jonathan dabei war, ein Patience-Spiel auf dem Esszimmertisch auszulegen. Es war eine komplizierte Variante namens ›Napoleon auf St. Helena‹ und der Aufbau nahm den größten Teil der elfenbeinfarbenen Wachstuchdecke ein. Jonathan blickte auf und lächelte, als er Luis kommen sah.

»Hallo, Luis! Was macht dein Baseballspiel?«

»Ich glaub schon, dass es besser wird. Von Tarby kann ich eine Menge lernen. Sag mal, Onkel Jonathan, meinst du nicht auch, dass wir uns für Tarby etwas Nettes ausdenken sollten? Er ist wirklich ein guter Freund von mir.«

»Aber natürlich, Luis. Wir laden ihn zum Essen ein, meinst du so etwas?«

Luis bekam einen roten Kopf und druckste herum: »Hm … na ja … ähm … so ähnlich. Weißt du, meinst du nicht, dass wir vielleicht nach dem Essen … äh … das heißt, ich … meine eigentlich, ob *du* nicht vielleicht hinterher … sozusagen eine Mondfinsternis für ihn machen könntest.«

Jonathan sah ihn fassungslos an. »Hab ich dir etwa jemals was davon gesagt, dass ich so was kann?«

»Ja. Weißt du nicht mehr, an dem Abend, als du dich mit Mrs. Zimmermann gestrit … ich … äh … meine, als du dich mit Mrs. Zimmermann unterhalten hast, ob die Zauberkräfte auf der Erde oder auf dem Mond stärker wären? Du hast gesagt, dass ein Mond-Zauberer jederzeit eine Mondfinsternis machen könnte, wenn er Lust dazu hätte, und dann hast du noch gesagt, dass du solch ein Mond-Zauberer wärst.«

Jonathan lächelte und schüttelte den Kopf. »Hab ich das wirklich gesagt? Ei, wei, was rede ich doch manchmal für einen Unsinn zusammen. Warte mal, ich glaube, ich kann mich noch an eine Mondfinsternis im Jahre 1932 erinnern. Das war bei einem Picknick draußen im Wilder Creek Park. Ich kann mich noch gut an das Datum erinnern, es war der 30. April, Walpurgisnacht. Das ist nämlich der Tag, an dem alle Hexen und Dämonen aus der ganzen Welt zusammenkommen und ihre Feste feiern. Bei uns handelte es sich nur um einen Ausflug des Magischen Zirkels von Capharnaum County, aber einige von denen sind richtige Zauberer. Jedenfalls, um darauf zurückzukommen, was ich eigentlich sagen wollte …«

»Macht ja auch nichts«, sagte Luis und drehte sich mit enttäuschtem Gesichtsausdruck zur Seite. »Ich sag Tarby, dass du es nicht kannst.«

»Oh, Luis!«, rief Jonathan und warf das Kartenspiel auf den Tisch. »Wenn alle immer gleich aufgeben würden, wenn sie auf irgendwelche Schwierigkeiten stoßen, so wie du … Wenn ich es schon mal gemacht habe, kann ich es auch ruhig noch einmal tun. Es liegt nur daran, dass es schließlich keine ganz alltägliche Angelegenheit ist. Es geht nur unter ganz bestimmten Voraussetzungen, und zwar liegt's am Himmel. So ist das nämlich.«

»Oh.«

»Ja, oh. Also, wenn ich dieses blödsinnige Spiel hier gegen mich selbst gewonnen habe, gehen wir beide in die Bibliothek und sehen im Almanach nach. Sei also bitte mal einen Augenblick still.«

Luis trat vor lauter Aufregung von einem Fuß auf den anderen und starrte die Lampe an, bis Jonathan mit seinem Spiel fertig war. Dann gingen beide zur Bibliothek, schoben die hölzernen Schiebetüren beiseite und betraten endlich den herrlichen Raum, in dem es nach altem Papier, verkohltem Holz und ›Turkmannen-Terror‹ roch, Jonathans privater Tabakmischung. Jonathan schob die kleine Trittleiter an die Stelle, wo seine Zauberbücher standen, stieg hinauf und holte einen dicken, verstaubten Wälzer herunter, auf dem zu lesen stand:

HARDESTYS
Universal Omnium Gatherum

Ewiger Kalender, Datumsverzeichnüß und Tag-Buch

Er schlug unter ›Verfinsterungen‹ nach, stellte in Windeseile im Kopf ein paar Berechnungen an und sagte dann: »Du hast Glück, Luis. 1948 ist ein gutes Jahr für eine Mondfinsternis. Nächsten Freitag stehen die Planeten ausgesprochen günstig. Also, lad Tarby zum Abendessen ein. Ich habe bis dahin alles vorbereitet.«

Es wurde Freitagabend und Luis brachte Tarby zum Abendessen mit. Das Essen verlief ohne weitere mysteriöse Zwischenfälle, außer vielleicht dass der Krug mit dem Apfelsaft eine Menge glucksender Geräusche von sich gab, was aber daran gelegen haben konnte, dass der Saft noch nicht richtig ausgegoren war. Nach dem Abwaschen bat Jonathan Luis und Tarby, Mrs. Zimmermann dabei zu helfen, einige Küchenstühle in den hinteren Hof zu bringen. Dann ging er hinaus in den

Flur zu seinem Stockständer, einer blauen Steingutvase mit vielen verschiedenen Stöcken. Bei einigen war der Griff aus Elfenbein, andere waren mächtige, gebogene Dinger aus Walnuss- oder Ahornholz und manche gar verbargen dünne, elastisch federnde Messer in ihrem Inneren. Aber nur einer war ein richtiger Zauberstab.

Es war ein langer, schwarzer Stock aus besonders hartem Holz. An einem Ende befand sich eine glänzende Metallzwinge und am anderen Ende hatte er eine Glaskugel von der Größe eines Baseballs. In dieser Glaskugel schien es zu schneien; zwischen den umherwirbelnden kleinen Flocken konnte man hin und wieder die etwas unregelmäßigen Konturen eines Miniaturschlosses erkennen. Die Kugel verbreitete ein eisgraues Licht. Jonathan nahm den Stock heraus, wog ihn in der Hand und ging dann mit dem Stock unter dem Arm in die Küche zurück.

Das Publikum hatte bereits im hinteren Hof Platz genommen. Mrs. Zimmermann, Luis und Tarby saßen auf steifen Stühlen gegenüber der Vogeltränke. Es war ein kühler, klarer Oktoberabend. Der Himmel war sternklar und über den vier Ulmen am anderen Ende des Hofes ging gerade der Vollmond auf. Die Hintertür fiel zu und alle schauten auf: Die Vorstellung konnte beginnen.

Ohne ein Wort zu sagen, ging Jonathan zur Nordseite des Hauses hinüber. Dort stand eine alte, mit Moos überwucherte Regentonne an der Sandsteinwand. Jonathan sah hinein, blies dreimal über das dunkle Wasser und teilte mit seinem linken Zeigefinger die schwach schimmernde Oberfläche in vier Teile. Dann beugte er sich tief über die Öffnung der Tonne und begann in einer seltsamen Sprache zu flüstern. Die drei Zuschauer hatten ihre Plätze nicht verlassen – Jonathan hatte ihnen gesagt, sie sollten dort bleiben, wo sie waren –, aber sie reckten die Hälse, um herauszubekommen, was Jonathan da eigentlich machte.

Das Flüstern, das in seiner Unheimlichkeit durch den Körper der Regentonne noch gesteigert wurde, hielt noch eine Weile an. Luis rutschte auf seinem Stuhl hin und her, aber alles, was er erkennen konnte, waren der dunkle Umriss von Onkel Jonathan und die schwach grau schimmernde Kugel an dem Zauberstab. Schließlich kam Jonathan zurück. In der einen Hand hielt er den Stock, in der anderen trug er eine Sauciere voller Regenwasser.

»Wäscht sich dein Onkel jetzt die Haare?«, fragte Tarby leise.

»Mensch, sei doch bloß mal still!«, zischte Luis. »Er wird schon wissen, was er tut. Du wirst ja sehen.«

Tarby, Luis und Mrs. Zimmermann sahen gebannt zu, wie Jonathan das Wasser aus der Sauciere in die Vogeltränke goss. Dann ging er zurück zu der Regentonne und holte noch mehr. *Dripp. Platsch.* Er kam mit noch einer Füllung und schüttete sie aus. Und dann das Ganze noch einmal.

Nach dem dritten Mal schien es genug zu sein. Jonathan stellte die leere Sauciere hin und nahm seinen Stock, der an der Vogeltränke gelehnt hatte. Die Glaskugel leuchtete und sandte einen dunstigen grauen Lichtstrahl aus. Der Strahl war auf der Wasseroberfläche in der Vogeltränke deutlich zu erkennen. Jonathan machte mit dem Stock Zeichen über dem Wasser und fing wieder an, vor sich hin zu murmeln.

»Kommt her und seht euch das an«, sagte er und wandte sich den drei Zuschauern zu. Sie standen auf und gingen hinüber zur Vogeltränke. Das Wasser in der flachen Zementschale fing an, sich zu heben und zu senken wie der Ozean bei Sturm. Zu Luis' größter Überraschung konnte er sogar sehen, wie sich kleine

Schaumkronen bildeten. Dann schlugen lange Wellen gegen die Wandung und auf dem Rasen waren richtige winzige Schaumspritzer zu erkennen. Jonathan stand davor und beobachtete den Vorgang. Dann, plötzlich, hob er seinen Stock und rief: »Friede! Friede den Wassern der Erde. Zeig uns die runde Scheibe des Mondes, wie sie jetzt steht am Firmament!«

Das Wasser beruhigte sich. Bald war es wieder ein flacher, kleiner Teich und auf der immer noch schwarzen Oberfläche schwamm jetzt die kalte Widerspiegelung des Vollmondes. Jetzt tat Jonathan etwas völlig Unerwartetes. Während die anderen noch auf das Wasser starrten, bückte er sich und nahm einen großen Kieselstein aus dem Berg von Steinen auf, der am unteren Ende der Vogeltränke aufgetürmt war. Dann hob er ihn empor in die Luft, rief laut »Weg da!« und ließ den Stein fallen. *Platsch!* Das Wasser spritzte nach allen Seiten und Luis, der nicht schnell genug zurückspringen konnte, bekam etwas ab auf seinen Schuh.

Als sich das Wasser wieder beruhigt hatte, nahm Jonathan den Stein heraus und blickte in die Schale, in der sich immer noch etwas wacklig und verzerrt der Mond spiegelte.

»Immer noch da?«, sagte Jonathan und grinste. »Na, das kriegen wir schon noch!«

Er griff ins Wasser und nahm die reflektierende Scheibe einfach heraus. Vielleicht war es nur eine Täuschung, aber die kalte, eisgraue Scheibe, die er jetzt in der Hand hielt, sah genauso aus wie eben noch die Mondspiegelung im Wasser. Und wirklich – als Luis jetzt in die Schale blickte, war da nur noch das schwarzglänzende Wasser zu sehen.

Jonathan hielt die Mondscheibe hoch und drehte sie hin und her wie einen Teller. Die Scheibe glühte eisig kalt und funkelte wie frisch gefallener Schnee. Luis taten vom langen Hinsehen die Augen weh. Jetzt ließ Jonathan die Scheibe mit einer plötzlichen schnellen Bewegung aus dem Handgelenk heraus mitten durch den Hof segeln. Sie flog geradewegs in das dunkle Unkrautdickicht vor den vier Ulmen. Dann rannte Jonathan mit seinem Stock hinter der Scheibe her. Der Hof war sehr lang und trotz des Vollmonds konnten die Jungen und Mrs. Zimmermann nicht erkennen, was er dort hinten machte.

Plötzlich war die Luft erfüllt von dem hohen Klang einer Äolsharfe. Sie hing in einer der Ulmen und Jonathan hatte ihr einen ziemlichen Stoß versetzt. Jetzt kam er über den Hof zurückgetänzelt, wobei er sich mit irgendwelchen Schatten duellierte und die seltsamsten Laute von sich gab wie »Ha! Hab ich dich am Hohlkopf gezopft, du blakiger Praller! Hoho! Harrl! Und die Dreinacht gemacht!«

Vor der Vogeltränke blieb er stehen und hielt die Kugel an seinem Stock unter sein Kinn, sodass sein Gesicht jetzt aussah wie das eines Schauspielers, das von unten vom Rampenlicht angestrahlt wird. Langsam hob er die rechte Hand und deutete zum Himmel. »Da, seht!«, rief er.

Alle drei Zuschauer blickten nach oben. Zuerst konnten sie nichts Besonderes bemerken, aber dann, ganz langsam, zog sich ein schwarzer, teeriger Schatten tropfenartig über das erstaunte Antlitz des Mondes. In null Komma nichts war der ganze Mond vollständig zugedeckt, ganz und gar schwarz, wie ausradiert. Nicht einmal ein schwacher bräunlicher Rand wie bei einer normalen Mondfinsternis war zu erkennen.

Und jetzt wurde es lebendig in Onkel Jonathans Hof. Alles sah irgendwie seltsam aus und die merkwürdigsten Geräusche waren überall zu hören. Der Rasen glühte in einem seltsamen phosphoreszierenden Grün und zwischen den hohen Grashalmen ringelten sich lautlos rote Würmer. Seltsame Insekten ließen sich auf den überhängenden Ästen der Weide nieder oder tanzten auf dem Picknick-Tisch umher. Sie drehten und wanden sich in dem schwankenden, bläulichen Licht und die Musik, nach der sie tanzten, hörte sich, obwohl sie nur ganz schwach zu hören war, wie ›Rugbug‹ an, der bekannte Foxtrott von Maxine Hollister. Das war eins von den Stücken aus Jonathans Plattensammlung.

Onkel Jonathan ging hinüber zum Tulpenbeet, legte sein Ohr an den Boden und lauschte. Er bedeutete den anderen, auch herüberzukommen. Luis hielt sein Ohr an den feuchten Boden und vernahm die seltsamsten Dinge. Er hörte das Geräusch, das die Regenwürmer machen, wenn sie sich Millimeter für Millimeter vorwärtstasten und dabei harte, schwarze Erdbrocken mit ihren stumpfen Köpfen zerbrechen. Er konnte die heimlichen und verborgenen Gespräche zwischen Zwiebeln und Wurzeln belauschen und den Atem der Blumen spüren. Und Luis wusste plötzlich auch ganz geheimnisvolle Dinge, ohne eigentlich zu wissen, wo er sie erfahren hatte. Er wusste plötzlich, dass unter dem Erdbrocken, auf dem er gerade kniete, eine Katze namens Texaco begraben lag. Ihr feines Elfenbeinskelett zerfiel dort unten langsam und ihr dumpfiges Fell war eingeschrumpft und vermodert. Der Junge, der die Katze einst hier begraben hatte, hatte daneben auch noch einen Buddeleimer voller Muscheln vergraben. Luis wusste weder, wie der Junge hieß, noch wie lange es schon her war, dass er die Katze und den Eimer begraben hatte, aber er konnte deutlich die roten und blauen Farben auf dem Buddeleimer erkennen. Braune Rostflecken fraßen sich in die blanke Oberfläche und die Muscheln waren mit grünem Moder bedeckt.

Nach einer ganzen Weile setzte sich Luis auf und schaute sich um. Neben ihm kniete Tarby, das Ohr dicht am Boden und mit vor Erstaunen weit aufgerissenen Augen. Aber wo war Onkel Jonathan? Und wo war Mrs. Zimmermann? Luis glaubte erkennen zu können, wie sie am äußersten Ende des Hofes im Schatten der vier Ulmen umhergingen. Er tippte Tarby auf die Schulter, zeigte in die Richtung der Ulmen und die beiden Jungen standen leise auf und gingen hinüber zu den beiden Zauberern.

Als sie bei ihnen waren, stritt Jonathan sich gerade mit Mrs. Zimmermann, die ihm keine Antwort schuldig blieb, obwohl sie jetzt mit einem Ohr am Boden kniete.

»Ich sage dir doch, das ist das alte Abwasserkanalsystem«, murmelte sie. »Im Jahre 1868 konnte man seinen Verlauf nicht mehr rekonstruieren, weil die Pläne mit dem ganzen Altpapier weggeworfen worden sind.«

»Du kannst ja denken, was du willst, Krauskopf«, sagte Jonathan und kniete nieder, um noch einmal zu horchen. »*Ich* sage, das ist ein unterirdischer Strom. Capharnaum County ist voll davon und das würde auch die Tatsache erklären, dass der Sin-and-Flesh-Fluss viel breiter ist, wenn er New Zebeedee verlässt, als vorher.«

»Du hast doch bloß Stroh im Kopf, Fettwanst«, sagte Mrs. Zimmermann, deren Ohr immer noch an den Boden gepresst war. »Schließlich weiß ich doch, wie es sich anhört, wenn Wasser durch einen gemauerten Tunnel fließt. Das klingt hier ganz nach einem alten Gewölbe, ganz hohl.«

»Wie dein Kopf, häh?«

Jetzt pressten auch Luis und Tarby ihre Ohren an den Boden, aber alles, was sie hören konnten, war ein Geräusch, als wenn man sein Ohr an einen Fahrradschlauch hält, der im Wasser schwimmt. Luis war ganz aufgeregt. Am liebsten wäre er an allen Stellen des Gartens gleichzeitig gewesen, um alles zu berühren, die verschiedenen Düfte einzuatmen und überall zu lauschen. Der Zauber im hinteren Hof dauerte über eine Stunde. Dann wurde aus dem phosphoreszierenden Licht wieder gewöhnliches Mondlicht und der Mond schwebte frei von aller Zauberei wieder hoch über ihnen am Himmel.

Als sie ins Haus zurückgingen, fragte Luis seinen Onkel, ob die Polizei nicht in Alarmbereitschaft versetzt worden wäre, wenn er so mir nichts dir nichts eine Mondfinsternis machte. Jonathan kicherte und legte seinen Arm um Luis' Schulter.

»Nein«, sagte er, »allerdings seltsam, dass sie nicht kommt. Ich habe mich auch schon öfter darüber gewundert, aber vielleicht liegt es daran, dass die Mondfinsternis eben nur in diesem Hof zu sehen ist.«

»Du meinst, es war gar keine richtige?«

»Doch, natürlich war es eine richtige Mondfinsternis. Du hast sie doch selbst gesehen, oder? Aber es ist nun mal eine der Unzulänglichkeiten menschlicher Wesen, dass sie nur mit ihren eigenen Augen sehen können. Wenn ich zwei Personen sein könnte, dann würde ich das zweite Ich am anderen Ende der Stadt postieren, um mich zu vergewissern, ob die Mondfinsternis auch dort zu sehen war.«

»Warum bittest du nicht Mrs. Zimmermann, dass sie es für dich tut?«

»Weil sie dann beleidigt wäre. Sie muss immerzu bei allem und jedem mitten dabei sein. Stimmt's nicht, Blödi?«

»Ja, das stimmt genau. Und jetzt habe ich riesigen Appetit auf Schokoladenkekse. Wollt ihr nicht alle noch ein bisschen zu mir herüberkommen?«

Das taten sie dann auch alle. Luis freute sich, dass er so eine Gelegenheit bekam, Tarby das Haus von Mrs. Zimmermann vorzuführen. Es war kein Herrenhaus, keineswegs, nur ein kleiner zweistöckiger Bungalow mit einer ausgebauten Veranda. Aber es war voll mit allen möglichen seltsamen Dingen und die meisten davon waren purpurrot. Mrs. Zimmermann hatte eine Schwäche für die Farbe Purpurrot. Ihre Teppiche, ihre Tapeten, der Treppenläufer, das Toilettenpapier und ihre Badeseife – alles war purpurn. Auch das große surrealistische Gemälde eines Drachens, das im Wohnzimmer hing, war purpurrot. Der französische Maler Odilon Redon hatte es extra für sie angefertigt.

Sie aßen ihre Kekse, tranken ihre Milch und besichtigten all die purpurnen Dinge in Mrs. Zimmermanns Haus, doch fiel Luis auf, dass Tarby die ganze Zeit über so gut wie nichts sagte. Als es dann Zeit wurde für ihn zu gehen, gab er Jonathan die Hand, wobei er auf den Teppich starrte, und murmelte Mrs. Zimmermann mit so leiser Stimme »Vielen Dank für die Kekse« zu, dass man ihn kaum verstehen konnte. Luis brachte Tarby zur Vordertür. Er wusste, dass das ein höchst eigenartiges Benehmen für Tarbys Verhältnisse war, der normalerweise nämlich auch im Beisein von Erwachsenen laut und naseweis war.

»Vielen Dank für die Zaubervorstellung«, sagte Tarby, schüttelte Luis die Hand und machte ein sehr ernstes Gesicht. »Es war ja ein bisschen unheimlich, aber es hat trotzdem riesigen Spaß gemacht. Ich schätze, ich muss alles zurücknehmen, was ich über deinen Onkel gesagt habe. Also, bis dann.« Und dann trottete Tarby langsam den Hügel hinunter.

Luis sah ihm besorgt nach. Er hoffte, dass es Tarby bei ihm gefallen hatte. Die meisten Menschen mögen es nämlich nicht, wenn man ihnen nachweist, dass sie

Unrecht haben, auch dann nicht, wenn sie ihren Spaß dabei haben. Tarby war überall sehr beliebt und er war daran gewöhnt, immer Recht zu haben. Es hatte sich gezeigt, dass Tarby verstimmt war über Jonathans Zauberkräfte. Wie würde er sich jetzt verhalten? Luis wollte nicht seinen einzigen Freund verlieren.

IV. KAPITEL

Es war die letzte Woche im Oktober und Tarbys Arm war fast wieder ausgeheilt. Luis sah ihn jetzt immer weniger. Er wartete zwar immer noch auf dem Baseballfeld draußen vor der Schule auf ihn – manchmal tauchte Tarby auf, manchmal auch nicht.

Natürlich konnte man von Tarby zu dieser Jahreszeit auch nicht erwarten, dass er sonderlich an hoch oder tief geschlagenen Bällen interessiert war: Die Football-Saison warf ihre Schatten voraus. Luis hatte gesehen, wie Tarby nach der Schule mit den anderen Jungen Football gespielt hatte. Unnötig zu sagen, dass Tarby immer nur Stürmer war. Er schoss lange Pässe, machte Durchbrüche und verwandelte trickreichste Konterpässe, zum Beispiel mit Aufsetzern.

Luis hatte überlegt, ob er auch Football spielen sollte, aber er konnte sich nur noch zu gut daran erinnern, was ihm damals in Wisconsin passiert war: Jedes Mal wenn ein Ball zu ihm über die Linie kam, fiel er zu Boden und hielt die Hände vors Gesicht. Er konnte keine Schüsse abfangen und wenn er versuchte, das Lederei zu kicken, erwischte er es meistens nur mit dem Knie. Vielleicht, wenn er erst mal ein richtiger guter Baseballspieler sein würde, könnte er Tarby dazu bewegen, ihm im nächsten Jahr auch Football beizubringen.

Aber ohne Tarby ging es mit seinem Baseball auch nicht recht voran. Allerdings lernte er jetzt auch *mit* Tarbys Hilfe nicht viel mehr dazu. Bei den seltenen Gelegenheiten, wenn Tarby wirklich mal auftauchte, um mit Luis zu spielen, schien er so schnell wie möglich mit dem Spiel fertig werden zu wollen. Luis wusste, dass er dabei war, Tarby zu verlieren, aber bis jetzt war ihm noch nichts eingefallen, womit er ihn, wenn irgend möglich, halten konnte.

An einem Samstagnachmittag, als die beiden auf dem Friedhof herumwuselten, hatte Luis eine Idee. New Zebeedees schöner, alter Friedhof lag auf einem hohen Hügel direkt vor der Stadt. Es gab dort eine Menge kunstvoller Grabsteine, die weinende Frauen über Urnen gebeugt darstellten und Amor-Putten, die Fackeln auslöschten. Es gab da Säulen, die extra so aussahen, als wären sie zerbrochen, und Säulen mit Händen oben drauf, die zum Himmel zeigten. Kleine Grabsteine in Form von Lämmern gab es auch: Die standen über Kindergräbern. Manche von den Lämmern standen schon so lange dort, dass sie sich in schmutzig-weiße Klumpen verwandelt hatten, die Luis an Seife erinnerten.

An diesem Tag also hatten Luis und Tarby die meiste Zeit neugierig und voller Entdeckerdrang bei den Grabsteinen zugebracht, die aussahen, als seien sie aus Holz geschnitzt. Vor jedem Grab war ein kleiner Granitblock mit eingeschnitzter Borke, mit Jahresringen und mit Astlöchern aufgestellt. Die Einfriedung drum herum passte genau dazu und aus der Mitte wuchs jeweils ein abgestorbener Baum aus Stein. Seine Krone war gespalten, als ob der Blitz hineingeschlagen hätte, und ein steinerner Specht wetzte seinen Schnabel an der naturgetreu geschnitzten Rinde. Luis und Tarby hatten eine Weile in diesem versteinerten Wald gespielt, aber jetzt wurden sie langsam müde. Die Sonne, rot wie die Tomatensonne auf Jonathans Glasmalfenster, ging zwischen zwei verkrümmten Kiefern unter. Luis fror und er zog den Reißverschluss seiner Jacke zu.

»Lass uns zu mir nach Hause gehen«, sagte er. »Mrs. Zimmermann macht uns Kakao und ich zeige dir *richtiges* versteinertes Holz. Mein Onkel hat es aus dem Wald drüben im Westen mitgebracht und es ist zu ganz richtigem Stein geworden.«

Tarby machte ein gelangweiltes Gesicht und dann sagte er verächtlich: »Wer will schon in das Haus von deinem alten Onkel? Das ist ein reichlich verrücktes Haus, wenn du mich fragst. Und wie kommt es eigentlich, dass die alte Mrs. Zimmermann dauernd bei ihm herumgluckt? Ist sie vielleicht verliebt in ihn?« Tarby schlang seine Arme um den Baum aus Stein und fing an, ihn laut schmatzend zu küssen. Luis fühlte die Tränen in sich aufsteigen, aber irgendwie gelang es ihm, sie hinunterzukämpfen.

»Ich ... ich wette, du glaubst, alles, was mein Onkel machen kann, sind Mondfinsternisse«, sagte Luis. Es klang zwar albern, aber ihm fiel im Moment nichts Besseres ein.

Tarby machte ein nur scheinbar interessiertes Gesicht. »Na«, sagte er, »was kann er denn noch Schönes?«

Luis wusste selbst nicht, warum er sagte, was jetzt kam. Es kam einfach über ihn.

»Mein Onkel kann die Toten auferstehen lassen.«

Tarby machte eine Flanke über einen der holzklotzartigen Granitblöcke. »Aber klar kann er das«, schnaubte er. »Dein Onkel, musst du nämlich wissen, ist nämlich ein Schwindler. An dem Abend, als es so aussah, als ob er den Mond weggezaubert hätte und als dieser ganze andere Kram passiert ist, da hat er uns nämlich einfach nur *hypnotisiert*. Mein Vater hat gesagt, dass das wahrscheinlich alles war, was da passiert ist.«

Luis starrte ihn an. »Du hattest doch versprochen, mit niemandem darüber zu reden, was an dem Abend passiert ist. Ich hatte dich doch extra darum gebeten.«

Tarby wich seinem Blick aus. »Na ja, schön, kann schon sein, dass ich's versprochen habe. Tut mir leid.«

Eine ganze Weile saßen beide schweigend nebeneinander. Von der Sonne sah man jetzt nur noch einen schwachen rötlichen Abglanz. Abendwind kam auf und strich über das hohe Gras auf den Gräbern. Schließlich stand Luis auf und sagte etwas. Es kam ganz tief aus seiner Kehle.

»Und was wäre, wenn ich selber einen Toten auferstehen lasse?«

Tarby sah ihn an. Er kicherte. »Manometer, das wär wirklich mal was! Ich seh jetzt schon, wie du mitten in der Nacht die Hauptstraße runterrennst und das Gespenst immer hinterher.« Tarby stand auf und fuchtelte mit den Armen: *»Huhuhuhuuuuuuu!«*, jammerte er. »Ich bin der Geist aus der Tihihiefe! *Huhuhuuuu!*« Luis wurde rot. »Willste nun sehen, wie ich's mache?«

»Klah«, sagte Tarby. »Na klar doch. Wann denn?«

»Ich sag dir dann Bescheid«, sagte Luis, obwohl er nicht die geringste Ahnung hatte, was er da tun sollte, wann und, vor allen Dingen, wie er es machen sollte. Er wusste nur, dass er es versuchen musste, wenn er seinen einzigen Freund in New Zebeedee nicht verlieren wollte.

In der Woche vor Allerheiligen verbrachte Luis viel Zeit im Arbeitszimmer seines Onkels. Normalerweise hatte Jonathan auch nichts dagegen, wenn Luis in seiner Bibliothek schmökerte, aber wenn er gewusst hätte, was für Bücher er sich diesmal vorgenommen hatte, hätte er es ihm sicherlich verboten. Luis wusste das und deshalb wartete er immer so lange, bis Jonathan ausging, um Besuche zu machen oder Laub harkte oder Korngarben aufband. Wenn er sicher war, dass er nicht gestört würde, schlüpfte Luis hinter die Schiebetür aus Walnussholz und rollte die kleine Trittleiter zu dem Teil der Bibliothek, wo Jonathans Zauberbücher standen. Jonathan hatte Luis verboten, ohne seine Erlaubnis in diesen Büchern zu lesen, und deshalb hatte Luis ein ziemlich schlechtes Gewissen dabei. Er hatte überhaupt ein reichlich ungutes Gefühl bei der ganzen Sache. Aber er machte trotzdem weiter.

Er suchte in all diesen seltsamen alten Büchern mit ihren Drudenfüßen, Pentagrammen, Anagrammen und Talismanen, ihren Abrakadabras und langen Zauberformeln in altenglischer Schrift. Aber am meisten beschäftigte er sich mit einem großen, in schwarzes Leder gebundenen Band mit der Aufschrift *Nekromantie.* Die Nekromantie ist der Teil der Geheimwissenschaften, der sich mit der Fähigkeit beschäftigt, Tote wiederzuerwecken. Das Titelbild des Buches war eine Gravur, die Dr. John Dee darstellte, den persönlichen Astrologen Königin Elisabeth I. von England, wie er mit seinem Assistenten, Michael Kelly, um Mitternacht den Geist einer toten Frau auf einem englischen Friedhof beschwor. Die beiden Männer standen in einem Kreidekreis, den sie auf den Boden gemalt hatten. Der Rand des Kreises war bedeckt mit seltsamen Symbolen und Wörtern. Dicht außerhalb des magischen Kreises indessen schwebte eine Gestalt in einem langen Nachthemd. Auf dem Kopf trug sie eine hässliche, aufgeplusterte Bänderhaube, wie man sie damals Frauen zu ihrem Begräbnis anlegte. Immer wieder blätterte Luis zu dieser Zeichnung zurück, weil sie ihm Angst einflößte. Aber er las auch den Rest des Buches. Er las es tapfer bis zum Ende durch und lernte einige der Zaubersprüche auswendig. Er malte sich sogar eines der Pentagramme ab, schrieb sich den damit verbundenen Zauber auf ein Stück Notizpapier und steckte es in die Tasche.

Der Tag vor Allerheiligen war ein stürmischer, trüber Tag. Luis saß in seinem Schlafzimmer am Fenster und beobachtete, wie der Wind die letzten vertrockneten, braunen Blätter von den Bäumen fegte. Er war traurig und hatte Angst. Traurig war er, weil er seinem Onkel nicht gehorcht hatte, der doch immer so nett zu ihm war. Und Angst hatte er, weil er Tarby versprochen hatte, dass er sich um zwölf Uhr in der Halloween-Nacht mit ihm auf dem Friedhof treffen wollte, wo sie beide den Geist eines Toten beschwören wollten. Oder es wenigstens versuchen. Luis glaubte nicht daran, dass es klappen könnte, und irgendwo war ihm dieser Gedanke auch ganz lieb.

Sie hatten sich das Grab sorgfältig ausgesucht. Es war ein richtiges Mausoleum, das seitlich am Friedhofshügel lag. Luis hatte keine Ahnung, wer dort eigentlich begraben lag. Tarby wusste es auch nicht. Es war kein Name an der Tür. Aber was auch immer das für ein Name sein mochte – höchstwahrscheinlich fing er mit *O* an, denn in dem Dreieck über dem schweren, alten Gewölbe befand sich ein großes *O*. Es war ein etwas merkwürdiges *O*, es sah nämlich so aus:

Beim Abendbrot war Luis sehr still. Das war ungewöhnlich, da er sonst immerzu das Blaue vom Himmel herunter erzählte – und zwar vornehmlich Dinge, von denen er keine Ahnung hatte. Jonathan erkundigte sich, ob er sich nicht wohl fühle, und Luis sagte, es ginge ihm ganz ausgezeichnet, das könne ja schließlich auch jeder sehen. Jonathan und Mrs. Zimmermann tauschten besorgte Blicke miteinander und sahen ihn an, doch Luis aß weiter, mit gesenktem Kopf. Nach Beendigung der Mahlzeit stieß er seinen Stuhl zurück und verkündete, dass er am Abend nicht Karten spielen würde, weil er ja schließlich für so was schon zu alt sei.

»Heißt das, du willst heute Abend nicht zu mir kommen, von wegen Apfelsaft und Pfannkuchen?«, fragte Mrs. Zimmermann. »Denn sonst erscheine ich nämlich heute um Mitternacht an deinem Bett in meiner berühmten Rolle als ›Grinsende Griselda aus dem Grabe‹. Wirklich ein grauenhafter Anblick.«

Luis sah auf. Schrecken lag in seinem Gesicht, aber es gelang ihm, seinen Mund zu einem Lächeln zu verziehen.

»Nein, Mrs. Zimmermann«, sagte er, »um keinen Preis der Welt würde ich je eine Ihrer Apfelsaft-und-Pfannkuchen-Parties versäumen. Aber jetzt will ich erst mal nach oben in mein Zimmer gehen und eins von John L. Stoddards Büchern zu Ende lesen. Ich bin gerade an der spannendsten Stelle.« Sprach's, stand auf, entschuldigte sich und lief die Treppe hinauf.

Jonathan schaute Mrs. Zimmermann an. »Ich hab so ein Gefühl, als wenn da irgendwas nicht stimmt«, sagte er.

»Meine Güte, du merkst aber auch wirklich alles«, sagte Mrs. Zimmermann. »Richtig, irgendwas stimmt da nicht und *ich* habe das Gefühl, dass wir auch kaum erfahren, was er vorhat, bevor es passiert ist.«

»Das ist gut möglich«, sagte Jonathan und zündete sich eine Pfeife an. »Aber ich kann mir nicht vorstellen, dass Luis in irgendeine schlimme Sache verwickelt sein könnte. Und auf keinen Fall will ich ihn in die Mangel nehmen wie irgend so ein böser Rabenvater. Trotzdem möchte ich natürlich zu gerne wissen, was er eigentlich vorhat.«

»Das möcht ich auch«, sagte Mrs. Zimmermann nachdenklich. »Meinst du, dass es vielleicht etwas mit Tarby zu tun hat? Sein Arm ist fast ausgeheilt und wahrscheinlich wird er bald wieder mit seinen alten Freunden spielen und Luis wär dann wieder allein.«

Jonathan rieb sich das Kinn. »Ja, das wär durchaus möglich. Ich muss mal mit ihm reden. Ach, übrigens, hast du auch bemerkt, dass die Uhr jetzt wieder lauter tickt?« Er gab sich gelassen, aber Mrs. Zimmermann konnte deutlich die Unruhe in seinen Augen erkennen.

»Ja«, sagte sie und lächelte gequält. »Ich hab es auch gehört. Aber vielleicht gibt sich das ja wieder, wenn wir gar nicht weiter darauf achten. Das war ja schon öfter so. Aber eins ist mal sicher: Du erreichst gar nichts damit, dass du mit einer Brechstange durch das ganze Haus wackelst, die Wandverkleidungen aufbrichst und zwischen die Dielenritzen schielst.«

»Ich glaub's ja auch nicht«, seufzte Jonathan. »Trotzdem kann ich dem verdammten Ding nur durch absolute Hartnäckigkeit auf die Spur kommen. Andererseits würde das konsequenterweise bedeuten, dass ich das ganze Haus abreißen müsste und so weit bin ich dann doch noch nicht. Jedenfalls nicht, bis ich mehr darüber weiß, was diese Uhr für Schaden anrichten kann. Und bis jetzt habe ich nicht mehr als Vermutungen. Und schließlich ist es sogar eine Vermutung, wenn ich sage, dass es sich dabei um eine richtige, greifbare Uhr handelt und nicht nur um einen Spuk, den der alte

Isaac Izard zurückgelassen hat, um die Leute hier verrückt zu machen.«

»Am besten überhaupt nicht daran denken«, sagte Mrs. Zimmermann. »Jedenfalls nicht, solange es nicht unbedingt nötig ist. Schließlich kann man nicht für alle möglichen Katastrophen auf dieser beängstigenden Welt seine Vorkehrungsmaßnahmen treffen. Für den Fall, dass der leibhaftige Teufel aufkreuzt oder wir merken, dass der Weltuntergang da ist, wird uns schon noch was einfallen.«

»Mhmm, dann verstecken wir uns einfach im Keller. Na los, komm, wir werden erst mal das Geschirr abwaschen.«

Um zehn Uhr kam Luis aus seinem Zimmer herunter und ging nach nebenan, um Apfelsaft zu trinken und Pfannkuchen zu essen. Jonathan und Mrs. Zimmermann warteten schon im Eßzimmer auf ihn. An einem Ende des langen Raumes stand ein großer, runder Eichentisch mit einer sauberen karierten Decke und darauf standen ein Zwei-Liter-Krug mit Apfelsaft und ein Teller mit gezuckerten Pfannkuchen oder ›Fritzküchel‹, wie Mrs. Zimmermann sie zu nennen pflegte. Am anderen Ende des Raumes prasselte ein purpurnes Feuer im Kamin. Violette Schwaden zogen über den Kaminvorleger bis zum Sims und der Purpurdrachen auf dem Bild schien sich hin und her zu winden. Er sah tatsächlich furchterregend aus.

»'n Abend, Luis«, sagte Jonathan. »Nimm dir einen Stuhl und setz dich zu uns.«

Nachdem Luis erst mal drei oder vier Pfannkuchen und vier große Gläser Apfelsaft verdrückt hatte, verkündete Jonathan, dass es an diesem Abend zur Unterhaltung eine ›Historische Schau berühmter Szenen der Vergangenheit‹ geben sollte. Er fragte Luis, was er am liebsten sehen wollte.

Luis antwortete wie aus der Pistole geschossen: »Ich möchte die Niederlage der spanischen Armada sehen. Nicht die Schlacht selbst, darüber habe ich schon alles bei John L. Stoddard gelesen. Aber bei ihm steht nichts darüber, wie sie den ganzen Weg über England und Schottland wieder zurück nach Hause gekommen sind. Das würd ich gern sehen.«

»Alles klar«, sagte Jonathan. »Kommt, wir wollen uns drüben an den Kamin setzen.«

Am Kamin standen bereits drei bequeme Sessel für sie bereit. Nachdem jeder seinen Platz eingenommen hatte, deutete Jonathan mit seiner Pfeife auf die zwei elektrischen Kerzen über dem Kaminsims. Langsam entwich der Strom, erst flackerten sie noch, dann gingen sie schließlich ganz aus. Ebenso die Glühbirnen in dem Leuchter über dem Tisch. Es war wie im Theater vor Beginn des ersten Aktes. Luis spürte plötzlich den Geschmack von Salz in der Nase und auf der Zunge. Das ganze Zimmer war in graue Nebelschwaden gehüllt und Luis fand sich auf einer grasbewachsenen Landzunge wieder. Links neben ihm stand Jonathan und rechts Mrs. Zimmermann. Vor ihnen lag die sturmgepeitschte, kalte, graue See.

»Wo sind wir?«, fragte Luis.

»Wir befinden uns auf John O'Groats«, sagte Jonathan, »dem nördlichsten Zipfel Schottlands. Wir haben das Jahr 1588 und da draußen ist die Armada – oder vielmehr das, was von ihr übrig geblieben ist. Du musst durch das Fernrohr schauen, sonst kannst du sie nicht erkennen.«

»Fernrohr?«, fragte Luis und dann erst wurde ihm klar, dass sie sich auf einer kleinen steinernen Plattform befanden, die von einer niedrigen Mauer umgeben war. Es war eine Aussichtsplattform, wie man sie häufig an landschaftlich reizvollen Stellen finden kann.

Und oben auf der Mauer befand sich ein kleines Münzfernrohr mit zahlreichen Hinweisen unter einer Glasplatte. Luis beugte sich vor und las auf dem kleinen Hinweisschild:

GENIESSEN SIE DIE ARMADA

Dieses Jahr letzte Gelegenheit
Bitte 5 Shilling einwerfen

Jonathan kramte in seiner Westentasche, fischte zwei große Silbermünzen heraus und reichte sie Luis. Es waren halbe Kronen in alter englischer Währung und jede war zweieinhalb Shilling wert. Luis warf die Münzen in den dazu vorgesehenen Schlitz. Es gab einen surrenden Ton. Luis legte sein Auge an das Fernrohr und blickte hinaus.

Zunächst war alles, was er sah, nur ein einziges milchiges Grau in Grau, aber nachdem er ein wenig an dem Justierrädchen gedreht hatte, konnte er erkennen, wie da einige große Galeeren träge durch die Wellen pflügten. Die Segel waren zerrissen und die zerfetzte Takelage schwankte beängstigend im Sturm. Die lange Reihe der Schießscharten war gegen die aufgewühlte See hin fest verschlossen und Luis konnte erkennen, dass drei oder vier der Schiffe an den Seiten schwer beschädigt waren. Bei einem, das sich nur sehr schwerfällig vorwärtsbewegte, war ein Ankertau um das Mittschiff geschlungen, wahrscheinlich, damit es nicht auseinanderfallen konnte.

Während Luis sie beobachtete, kamen die Schiffe immer näher. Jetzt konnte er auch erkennen, wie reich verziert sie waren. Da gab es Heiligenfiguren, Bischöfe und Drachen, die vergoldete Fensterrahmen stützten oder in verschnörkelten Winkeln dastanden. Luis bemerkte, dass einige der Figuren ihre Arme oder Köpfe eingebüßt hatten. Ein finster blickender Bischof trug seine Mütze kess schräg über dem Ohr.

Luis schwenkte das Fernrohr. Jetzt sah er einen seltsamen kleinen Mann. Er schritt über das Achterdeck des größten Schiffes, das zwar auch am vornehmsten aussah, aber auch die meisten Treffer abbekommen zu haben schien. Der Mann trug ein schwarzes Cape, das knapp bis zu den Knien reichte, und er fröstelte. Seine langen Bartenden hingen traurig herunter und im Ganzen sah er sehr bekümmert aus.

»Wer ist denn der Mann da auf dem größten Schiff?«, fragte Luis.

»Das«, sagte Jonathan, »ist der Herzog von Medina Sidonia. Er ist der Kapitän der ›Océano‹, und das bedeutet, er ist der Oberbefehlshaber der ganzen Armada, dem ganzen zerschossenen, sinkenden Haufen da. Ich wette, der wär jetzt auch lieber zu Hause am warmen Ofen.«

Luis hatte Mitleid mit dem armen Herzog. Als er am vorigen Abend im Bett seinen John L. Stoddard gelesen hatte, wäre er am liebsten als Kommandant einer stolzen englischen Galeere dabeigewesen, dort in der Meerenge, und hätte eine Ladung nach der anderen auf das Flaggschiff des Herzogs abgefeuert, bis es endlich sinken würde. Aber jetzt hätte er dem Mann gerne geholfen, wenn er gekonnt hätte.

Während Luis noch dastand und überlegte, tippte Jonathan ihm auf die Schulter und deutete auf etwas, was Luis vorher noch nicht bemerkt hatte. Dort, auf der Mauer, stand eine Kanone, ein eisernes 24er Geschütz mit einem hölzernen Auslegergestell, an dem Eisenringe befestigt waren, durch die mehrere Taue zu Eisenringen in der Mauer liefen. Die Taue waren dazu da, die Kanone festzuhalten, damit sie nach dem Abfeuern nicht den Abhang hinunterrollen konnte.

»Na komm, Luis«, sagte Jonathan und lächelte. »Wir wollen einen Schuss auf die Armada abfeuern. Das hast du dir doch schon immer gewünscht. Sie ist geladen und klar zum Feuern. Los, komm!«

Luis sah aus, als wollte ihm schlecht werden. Seine Augen füllten sich mit Tränen. »O nein, Onkel Jonathan! Ich kann nicht! Der arme Herzog und seine Männer. Können wir nicht irgendetwas für sie tun?«

Jonathan sah Luis groß an und rieb sein Kinn. »Weißt du«, sagte er langsam, »für einen Jungen, der so gerne Belagerung und Krieg spielt, bist du eigentlich bemerkenswert friedlich. Jedenfalls dann, wenn du siehst, wie es wirklich war. Aber glücklicherweise ist das hier ja nicht die Wirklichkeit, sondern Einbildung, wie ich ja vorher schon gesagt habe. In Wirklichkeit sitzen wir immer noch in Mrs. Zimmermanns Esszimmer mit dem Tisch am einen und dem Purpurfeuer am anderen Ende. Wenn du den Felsen dort anfasst, wird er sich ziemlich genauso anfühlen wie ein Lehnsessel. Der Herzog und die Schiffe da draußen sind genauso unecht wie der Rauch und der Nebel und die Kanone hier. Also los. Nun schieß schon!«

Luis' Gesicht hellte sich auf. Ja, so würde es Spaß machen. Aus dem Nichts tauchte plötzlich ein Soldat auf in der Uniform eines englischen Beefeaters. Er reichte Luis einen langen Stock mit einer schwelenden Lunte, Luis hielt ihn an das Zündloch der Kanone und – *rumms!* Die Kanone ruckte in ihren Seilen nach hinten. Beißender Rauch breitete sich aus. Jonathan, der sich mit Mrs. Zimmermann um das Fernrohr stritt, sagte: »Ich glaube, dass – oh, los doch, Florence, such dir doch selber ein Guckloch – ich glaube … ja, du hast das vordere Bram-Sprietsegel heruntergeholt.«

Luis war mit sich sehr zufrieden, obwohl er keine Ahnung hatte, was ein vorderes Bram-Sprietsegel war.

Der Soldat lud neu und Luis feuerte zum zweiten Mal. Diesmal traf er einen von den Holz-Bischöfen auf dem reich verzierten Achterdeck. Er feuerte noch einige Male und auf ein Zeichen von Jonathan kam ein weiterer Beefeater den Hügel mit einem Holzbottich voller zischender, rotglühender Kanonenkugeln heraufgerannt. ›Heiße Kartoffeln‹ pflegten sie die Matrosen zu Zeiten der Königin Elisabeth zu nennen.

Die beiden Soldaten luden die Kanone. Zuerst schütteten sie ein Fässchen Pulver hinein, dann kam feuchtes Füllmaterial darauf, damit die Kanonenkugel das Pulver nicht sofort in Brand setzte und zum Schluss kam dann die Kanonenkugel hinein. Es zischte und dampfte, als sie mit dem feuchten Füllmaterial in Berührung kam. Luis zündete die Kanone und es gab einen gewaltigen Rückstoß. Er sah der Kanonenkugel nach, wie sie auf die Galeere des Herzogs zuraste, und er fand, dass sie Ähnlichkeit mit einem winzigen, verrückt gewordenen Ernte-Mond hatte. Die Kugel traf und das Schiff ging in Flammen auf. Der Herzog mit seinem traurig herunterhängenden Bart entschwebte auf einem mit Puderzucker bestreuten Pfannkuchen gen Himmel, wobei er auf einer Harfe spielte. Und jetzt saßen Luis, Jonathan und Mrs. Zimmermann wieder wie anfangs im Esszimmer am Kamin.

»So«, sagte Jonathan und rieb sich die Hände. »Und was möchtest du als Nächstes sehen?«

Luis dachte einen Augenblick nach. Er war so aufgeregt und glücklich, dass er fast vergessen hatte, was ihm in dieser Nacht noch bevorstand. »Ich möchte die Schlacht bei Waterloo sehen«, sagte er.

Jonathan schwenkte seine Pfeife und die Lichter gingen wieder aus. Diesmal standen sie auf einem aufgeweichten Hügel in Belgien im Jahre 1815. Es regnete, der Hügel ihnen gegenüber war halb hinter einer dichten Sprühnebelwand verschwunden. Unten im Tal waren kleine rote Vierecke zu sehen. Als sie genauer hinsahen, konnten sie erkennen, wie blaue Pfeile in diese Vierecke hineindonnerten, sie eindrückten und in Parallelogramme, Trapeze oder Rhomben verwandelten, aber nie auseinanderbrechen konnten. Vom gegenüberliegenden Hügel stiegen kleine Rauchwolken auf, die Luis an Pilze erinnerten. Hinter ihm schossen Fontänen von schmutzigem Erdreich empor und zertrümmerte Felsbrocken flogen durch die Luft.

»Das ist Napoleons Artillerie«, sagte Jonathan ruhig. Unten am Fuß des Hügels stiegen immer mehr Rauchpilze auf, denn Wellington antwortete mit seinen Kanonen. Über ihnen explodierten in Grün und Blau, in zischendem Weiß und, natürlich, in herrlichem Purpur die Granaten. Unten im Tal wurden Flaggen gehoben, gesenkt und wieder gehoben. Luis, Jonathan und Mrs. Zimmermann betrachteten die ganze Szene von oben hinter einer niedrigen Mauer, die große Ähnlichkeit hatte mit der von John O'Groats.

Nach längerer Zeit (oder zumindest kam es ihm so vor) bemerkte Luis, dass rechts neben ihnen jemand stand: ein großer, hagerer Mann mit einem Federhut und einem schwarzen Rock. Luis erkannte ihn sofort: Es war Wellington. Er sah haargenau so aus wie in John Clark Ridpaths *Weltgeschichte.*

Wellington suchte mit seinem Fernrohr den Horizont ab, dann schob er es traurig wieder zusammen und holte seine Uhr hervor. Die Uhr, die so ähnlich aussah wie die, die Mrs. Zimmermann an einer Kette trug, klingelte achtmal. Wellington verdrehte die Augen zum Himmel, legte die Hand aufs Herz und sagte mit bedeutungsschwangerer Stimme: »Oh, wenn es Nacht wär oder Blücher käme.«

»Warum sagt er das?«, fragte Luis.

Er kannte zwar sämtliche Illustrationen in Ridpaths Buch, aber den Schlachtbericht hatte er noch nie gelesen.

»Blücher ist ein preußischer General, der Wellington zuhilfe kommt«, erklärte Jonathan. »Napoleon hat Grouchy ausgeschickt, um Blücher aufzuhalten.«

Luis kicherte. »Wie heißt der? Grautschi?«

»Ja, das ist sein Name. Nur wird er *Gruschie* ausgesprochen, weil er Franzose ist«, sagte Mrs. Zimmermann. »Der alte Knabe hier weiß das auch ganz genau, aber hat versucht, witzig zu sein. Na, Jonathan, was meinst du? Wird Wellington diesmal gewinnen?«

»Weiß nicht, Florence. Wart's doch ab.«

Und da alles nur Einbildung war und nicht die richtige Schlacht und weil Jonathan seinen alberigen Tag hatte, entschied er, zur Abwechslung mal Napoleon gewinnen zu lassen. Mit einem Schlag fiel Nacht über die ganze Szene, wie ein Buch, das plötzlich aus einem Regal fällt – aber Blücher kam nicht. Die blauen Pfeile bohrten sich in die roten Vierecke, spalteten sie auf, rissen sie in Stücke. Die blauen Pfeile richteten sich jetzt gegen eine Armee, die den Hügel hinaufkam, eine Armee von hochgewachsenen Männern mit Bärenfellmützen, die sie noch größer erscheinen ließen. Sie hatten lange, schwarze Bärte und trugen Musketen mit Bajonetten vorne dran. Sie wollten Wellington zu Hilfe kommen, der jetzt vor Wut krebsrot angelaufen war und überhaupt sehr ärgerlich aussah. Er riss sich den Hut vom Kopf und trampelte darauf herum, dann warf er seine Uhr zu Boden und stampfte auch noch auf ihr mit seinen Füßen herum.

»Oohh *weeehh*!«, schrie er. »Mitteleuropäische Zeit! Verdammt *miese* europäische Zeit! Ich will jetzt nach Hause, ich spiel nicht mehr mit ...«

Daraufhin wechselte die Szene und Luis, Onkel Jonathan und Mrs. Zimmermann waren wieder in dem dunklen Esszimmer, wo das Feuer seine Schatten an die Wände warf. Die purpurne Porzellanuhr auf dem Kaminsims plinkte elf dünne Schläge: Die ganze Vorstellung hatte nur eine Stunde gedauert.

Jonathan stand auf, streckte sich, gähnte und schlug vor, ins Bett zu gehen. Luis bedankte sich bei Mrs. Zimmermann für den schönen Abend und ging mit Jonathan nach Hause. Er ging hinauf in sein Bett, aber er schlief nicht.

V. KAPITEL

Als die Leuchtzeiger seines neuen Westclox-Weckers auf Mitternacht zurückten, lag Luis vollständig angezogen unter seiner Bettdecke. Das Zimmer war völlig dunkel. Das Herz klopfte ihm bis zum Halse und er sagte immer und immer wieder zu sich selbst: »Ich wünschte, ich brauchte nicht! Ich wünschte, ich brauchte nicht!«

Er tastete nach dem Zettel in seiner Hosentasche, auf den er den magischen Kreis gezeichnet hatte. In der anderen Hosentasche hatte er ein großes Stück gelber Kreide. Was nun, wenn Onkel Jonathan plötzlich in sein Zimmer käme, um nach dem Rechten zu sehen? Dann würde er sich eben die Bettdecke über den Kopf ziehen und so tun, als ob er schliefe. *Tick-tick-tick-tick.* Luis wünschte, das Ganze wäre erst in der nächsten Woche an der Reihe oder dass er Tarby niemals dieses wahnwitzige Versprechen gegeben hätte. Er schloss die Augen und betrachtete die Muster, die sich hinter seinen Augenlidern bildeten.

Einige Minuten verstrichen. Mit einem Ruck setzte Luis sich auf. Er schlug die Decke zurück und starrte auf die Uhr. Es war schon fünf *nach zwölf*! Er hatte

Tarby doch versprochen, sich mit ihm Punkt Mitternacht auf dem Friedhof zu treffen, und jetzt kam er zu spät! Was sollte er nur tun? Tarby würde nicht auf ihn warten. Er würde nach Hause gehen und morgen allen seinen Freunden erzählen, dass Luis gekniffen hätte.

Luis rieb sich das Gesicht und versuchte einen klaren Gedanken zu fassen. Der Friedhof lag genau auf der anderen Seite des Wilder Creek Parks auf einem langen Hügelkamm. Man musste etwa einen Kilometer weit aus der Stadt hinauslaufen, um die Straße zu erreichen, die zu dem Grat hinaufführte. Natürlich gab es eine Abkürzung, aber die hatte Luis eigentlich nicht benutzen wollen. Aber jetzt blieb ihm gar nichts anderes übrig.

Langsam und ganz vorsichtig glitt er aus dem Bett. Er bückte sich und suchte unter dem Bett nach seiner Taschenlampe. Es war eine lange, altmodische Taschenlampe mit einem geriffelten Griff und einer großen, runden Birne vornedran. Das Metall fühlte sich kalt und glatt an. Er ging hinüber zum Schrank und holte seine warme Jacke heraus, denn es würde kalt sein da oben auf dem Friedhofshügel.

Luis öffnete die Schlafzimmertür. In der Halle war es dunkel wie immer um diese Zeit, und hinter der nächsten Tür konnte er Onkel Jonathan schnarchen hören. Luis war es fürchterlich zumute. Ihm war, als drehte sich sein Magen um. Er hätte viel darum gegeben, hätte er einfach in Jonathans Zimmer laufen, ihn aufwecken und ihm einfach alles erzählen können, was er vorhatte und warum er es tun musste. Aber er tat nichts dergleichen. Stattdessen schlich er auf Zehenspitzen durch die Halle und öffnete die Tür, die nach draußen führte.

Es dauerte nicht lange und Luis hatte das andere Ende der Stadt erreicht. Als er an dem Schild STADT-

GRENZE angelangt war, suchte er ein Weilchen an der Straße herum, bis er eine kleine Holztreppe gefunden hatte, die den Kiesabhang zum Wilder Creek Park hinunterführte. Der Bach war ziemlich niedrig an dieser Stelle und Luis konnte hindurchwaten. Das Wasser an seinen Knöcheln war eisig. Erst als er auf der anderen Seite war, sah er wieder auf. Seine Hände waren schweißnass und am liebsten wäre er wieder umgekehrt.

Vor ihm lag der Friedhofshügel. Es war ein hoher, oben abgeflachter Hügel, der von einem engen, schmutzigen Pfad in zwei Teile geteilt wurde. Es war nicht sehr schwer, dort hinaufzukommen: Die Kinder von New Zebeedee kletterten im Sommer tagtäglich hier umher, aber für Luis, dem leicht schwindlig wurde, war es wie die Besteigung des Mount Everest.

Luis blickte hinauf zu dem dunklen Hügel und musste erst ein paar Mal schlucken. Vielleicht, wenn er den längeren Weg ... aber nein, er kam sowieso schon zu spät und Tarby würde die Zeit zu lang werden und nach Hause gehen. Um keinen Preis wollte Luis jetzt mitten in der Nacht allein auf dem Friedhof sein, also griff er fest nach seiner Taschenlampe und begann den Aufstieg.

Am ersten Vorsprung blieb Luis stehen. Er schnaufte und seine Jacke war vorne völlig durchgeweicht. Seine Hose hatte schwarze Schmutzflecke auf den Knien und außerdem hatte er einen Zweig im Schuh. Noch zwei Etappen höher. Luis biss die Zähne zusammen und kletterte weiter.

Als er oben auf dem Hügel angekommen war, fiel er auf die Knie und bekreuzigte sich mehrmals. Der Schweiß lief ihm in Strömen das Gesicht hinunter und er konnte hören, wie sein Herz schlug. Er hatte es geschafft. Das war zwar keine Glanzleistung gewesen, weil Tarby höchstwahrscheinlich nur ein Zehntel seiner Zeit gebraucht hätte, aber immerhin – er hatte es geschafft.

Luis schaute sich um. Er stand am Ende einer langen Weidenallee. Die kahlen Weidenruten wehten im Wind hin und her und Luis fröstelte. Ihm war sehr kalt und einsam zumute. Am anderen Ende der Allee schimmerte das graue Friedhofstor. Luis ging langsam darauf zu.

Das Friedhofstor war ein schweres Steingewölbe mit allerlei Verzierungen. Über dem Eingang waren die Worte eingemeißelt:

DENN DIE POSAUNE WIRD SCHALL'N
UND
DIE TOTEN WERDEN AUFERWECKT

Luis stieß das quietschende Eisentor auf und lief schnell an den weißen Grabsteinen entlang. Das Mausoleum befand sich auf der anderen Seite des Friedhofs, auf jener nämlich, die auf das weite Tal hinter der Stadt hinausblickte. Ein schmaler, kleiner Weg führte hinunter zu der steinernen Plattform vor dem Eingang zum Gewölbe. Aber wo war Tarby?!

Luis sah sich suchend um. Plötzlich machte es hinter ihm »Buuh!« und Luis wäre fast in Ohnmacht gefallen. Das war Tarby, natürlich, der sich im Schatten des steinernen Gewölbes vor dem Mausoleum versteckt hatte.

»Hallo! Du hast ja ganz schön lange gebraucht«, sagte Tarby. »Wo hast du denn gesteckt?«

»War 'ne ganz schöne Tortur, sag ich dir, da den Hügel raufzuklettern«, sagte Luis und blickte bekümmert auf seine durchgeweichten und schmutzigen Hosenbeine.

»Für Fettmöpse wie dich ist Klettern immer 'ne Tortur«, sagte Tarby. »Warum nimmst du nich' ma'n bisschen ab?«

»Los, komm«, sagte Luis, »lass uns zur Sache kommen.« Er war ziemlich niedergeschlagen.

Die rissige und mit Moos bewachsene Steinplatte vor der Stufe zum Mausoleum lag jetzt im Schatten des Hügels. Alles andere drum herum war in helles Mondlicht getaucht. Luis knipste seine Taschenlampe an und ließ den weißen Lichtkegel über die hässlichen Eisentüren hinweggleiten. Die Türen wurden von einer schweren Kette zusammengehalten, an der ein großes herzförmiges Schloss befestigt war. Luis ließ den Strahl seiner Taschenlampe ein Stückchen höher gleiten. Da war das rätselhafte *O* über der Tür. Der Wind hatte sich gelegt. Alles war totenstill. Luis gab Tarby die Taschenlampe und kniete sich hin. Er holte den Zettel und die Kreide aus seiner Tasche und zog erst einen großen Kreis und dann in diesen Kreis noch einen kleineren. Etwa so:

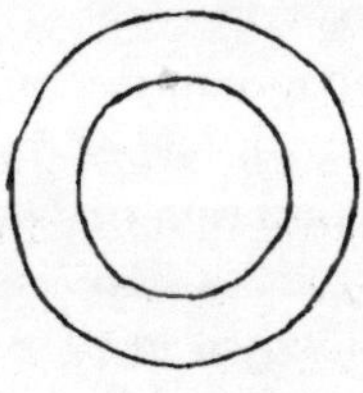

Tarby hielt die Taschenlampe und Luis füllte jetzt den Rand des magischen Kreises mit allerlei seltsamen Symbolen, die er von seinem Zettel abmalte. Nachdem er das letzte dieser rätselhaften Zeichen eingemalt hatte, blieb noch ein Stückchen frei. Luis hatte in Onkel Jonathans Buch gelesen, dass dieser Platz für den Namen des Toten reserviert war.

»Also«, sagte Tarby, »ich seh hier keine Toten herumlaufen.«

»Ich bin ja auch noch nicht fertig«, sagte Luis. »Wir müssen noch den Namen einsetzen.«

Tarby machte ein verächtliches Gesicht. »Willst du damit sagen, du kennst ihn nicht?«

»Nein, kenn ich nicht«, seufzte Luis. »Vielleicht, wenn wir uns hier einen Moment hinsetzen, vielleicht fällt er uns ja noch ein.«

Beide saßen schweigend vor dem Eingang des Gewölbes. Ein plötzlicher Windstoß schüttelte die abgestorbenen Blätter der alten Eiche seitlich neben das Grab. Einige Minuten verstrichen. Luis' Gehirn war wie ausgebrannt. Dann plötzlich griff er aus irgendeinem Grund zu dem Stück Kreide.

»Halt die Lampe hierher«, sagte er.

Langsam und sehr sorgfältig buchstabierte er einen Namen, nur das Witzige daran war, dass er eigentlich an überhaupt keinen besonderen Namen dachte. Es war ganz so, als führe jemand völlig anderer seine Hand und mit einem letzten Kreidestrich abwärts vollendete er das Namenswort: *Selenna*. Ein seltsamer Name. Luis kannte niemanden, der sich Selenna nannte. Er wusste ja nicht einmal, wie er den Namen aussprechen sollte. Aber er stand nun mal da.

Mit dem gefalteten Stück Papier in der Hand erhob er sich und begann plötzlich mit ganz nervöser Stimme zu singen: *Aba bēbē bachabē …*

Er hielt inne. Tarby, der neben ihm auf dem Boden kauerte, griff nach seinem Arm und drückte ihn heftig. Tief aus dem Grab drang ein Geräusch empor. *Buuummm!* Ein tiefes, dumpfes, hohles Geräusch. Die eisernen Türen rüttelten in den Scharnieren, als hätte ihnen irgendjemand von innen einen Schlag versetzt. Die Kette rasselte und auf dem Pflaster machte es *klack*. Das Vorhängeschloss war heruntergefallen. Und da – die beiden Jungen auf den Knien waren entsetzt –

tauchten zwei kleine Kreise kalten grauen Lichtes auf. Sie hoben sich und tanzten in der Luft, direkt vor den Türen des Grabmals, die jetzt halb offen standen. Und irgend etwas Schwarzes – schwärzer als die Nacht, schwärzer noch als Tinte, die ins Wasser tropft – sickerte durch den Spalt zwischen den Türen.

Tarby riss Luis herum und presste seinen Arm noch fester. »Weg hier!«, rief er.

Sie stolperten über die Bank und hasteten den Hügel hinab. Einen Teil des Weges rutschte Luis bäuchlings weiter und Wurzeln zerkratzten dabei sein Gesicht. Er griff nach dem nassen, glitschigen Gras, konnte aber nirgendwo einen festen Halt erwischen. Dann stolperte er wieder hierhin und dorthin, immer wieder, und dann rutschte er auf dem Rücken weiter. Steine rissen an seinen Schulterblättern und schlugen gegen seinen Hinterkopf. Und dann saß er da, auf dem schmutzigen Weg, völlig mitgenommen, ganz krank und entsetzlich verängstigt.

Der Mond trieb hinter einem dünnen Wolkenschleier hervor und starrte auf Luis herab, als wäre er genauso ängstlich. Tarby lag neben ihm, ausgestreckt in einem Graben voller Unkraut. Schnell kam er wieder hoch und starrte zurück, hinauf auf den Hügel, und zerrte heftig an Luis' Arm. »Los! Wir müssen hier weg! O je, nun komm doch! Bitte, los, komm!«

Luis war benommen und kaputt, aber trotzdem stand auch er auf und folgte Tarby über den nächsten Teil des Hügels und dann weiter über den nächsten. Sie wateten durch den Bach und waren bald auf dem Kiesweg, der nach New Zebeedee zurückführte.

Während sie zurückliefen, blieb Luis immer wieder stehen und klapperte mit den Zähnen. Tarby ermahnte ihn, damit aufzuhören.

»Ich kann doch nichts dafür«, sagte Luis mit tonloser

Stimme, »hast du es denn nicht auch gesehen? Es war einfach grauenvoll!«

»Ich hab keine Ahnung, was das war«, sagte Tarby mürrisch. »Vielleicht war es der Mond oder sonst irgendwas.«

Luis sah ihn verständnislos an. Tat Tarby nur so oder wollte er vor sich selber nicht zugeben, was er da wirklich gesehen hatte? Luis wusste es nicht und es kümmerte ihn auch nicht. Alles, was er wusste, war, dass er entsetzliche Angst hatte.

Kurz vor drei Uhr früh schlich sich Luis wieder ins Haus zurück. Auf Zehenspitzen lief er die Hintertreppe hinauf, versicherte sich, dass sein Onkel fest schlief, dann öffnete er leise die Tür zu seinem eigenen Zimmer. Ebenso leise machte er sie auch wieder hinter sich zu und begann dann langsam, seine nassen und schmutzigen Sachen auszuziehen. Er knüllte sie zusammen und warf sie in die hinterste Ecke seines Wandschranks. Aber wo war die Taschenlampe? Tarby musste sie mitgenommen haben, er würde sie sich später von ihm holen. Und was die Sachen anging – die konnte er wieder sauber bekommen, ohne dass Jonathan etwas davon merken würde.

Luis ging zu Bett. Er versuchte einzuschlafen, aber jedes Mal, wenn er die Augen schloss, sah er nur die beiden grauen, brennenden Lichtkreise vor sich. Schließlich schlief er doch ein, aber er hatte einen merkwürdigen Traum. Uhrzeiger und Skelettknochen jagten ihn immer um ein hohes steinernes Grab herum. Luis wachte mit einem Ruck auf und für einen Augenblick schien es, als ob das ganze Haus unter einem lauten, tickenden Geräusch erzitterte.

VI. KAPITEL

Als Luis am nächsten Morgen zum Frühstück herunterkam, war Onkel Jonathan in einen Artikel auf der Titelseite des Tagesanzeigers von New Zebeedee vertieft. Luis beugte sich neugierig über seine Schulter und las folgendes:

GRAB VON VANDALEN GESCHÄNDET

Keine Erklärung für sinnlose Tat

Letzte Nacht brachen unbekannte Täter in das Familiengrab der Izards auf dem Oakridge-Friedhof ein. Man fand die Tür zur Grabkammer offen. Das aufgebrochene Vorhängeschloss lag auf dem Boden. Dieser Vorfall hat auf bedauerliche Weise den Frieden des Allerheiligen-Tages zerstört, der ansonsten durchaus friedlich und frei von Akten barbarischer und mutwilliger Zerstörungswut begangen werden konnte ...

»Morgen, Luis«, sagte Jonathan ohne aufzuschauen. »Hast du gut geschlafen?«

Luis wurde blass. Wusste Jonathan Bescheid?

Mrs. Zimmermann saß ihm gegenüber am Tisch und kaute an ihrer Scheibe Toast. »Schreiben sie, ob die Särge beschädigt worden sind?«, fragte sie.

»Nein, das nicht«, sagte Jonathan. »Wahrscheinlich hat der Friedhofswärter die Türen nur einfach wieder zugeschoben und ein neues Vorhängeschloss drangehängt. Ich kann's ihm jedenfalls nicht verdenken. Ich hätte auch keine Lust, mir die Grabkammer vom alten Izard von innen anzusehen.«

Luis setzte sich. In seinem Kopf schwirrte eine Unmenge verschiedenster Dinge durcheinander und er versuchte mühsam, Ordnung in seine Gedanken zu bringen.

»Ich ... ähm ... ich war mit Tarby schon öfter oben auf dem Friedhof, Onkel Jonathan«, sagte er vorsichtshalber, »aber ich habe nie ein Grab mit dem Namen ›Izard‹ gefunden.«

»Tjaja, das ist richtig. Er wollte nicht, dass sein Name auf der Gruft stand. Nachdem er seine Frau dort begraben hatte, ließ er einen Steinmetz kommen, der den Familiennamen wieder abmeißelte und stattdessen ein Omega anbrachte.«

»Ein Omega?«, fragte Luis. »Was ist denn das?«

»Das ist der letzte Buchstabe im griechischen Alphabet und außerdem häufig ein magisches Zeichen. Es sieht aus wie ein *O*, nur dass es unten offen ist. Es ist das Zeichen des Jüngsten Gerichts – dem Untergang der Welt.«

Luis saß wie versteinert da und starrte auf die vielen kleinen *O's*, die in seiner Buchstabensuppe schwammen. Er zwang sich, schließlich doch ein paar davon zu essen.

»Und wieso wollte er ausgerechnet so ein komisches Zeichen auf seinem Grab?«, fragte er und versuchte das Zittern in seiner Stimme zu unterdrücken.

»Das wissen die Götter, Luis«, sagte Jonathan. »Sag mal, du fürchtest dich doch nicht etwa wegen dieser Grabschändungsgeschichte, oder? Der alte Isaac Izard ist tot und damit basta. Er wird uns schon keinen Ärger mehr machen.«

Luis sah erst Jonathan und dann Mrs. Zimmermann an und er wusste ganz genau, dass sie es kaum abwarten konnten, dass er in die Schule ging, damit sie das Thema in aller Ruhe allein besprechen konnten. Deshalb beeilte er sich mit seinem Frühstück, murmelte kauend »Auf Wiedersehen«, nahm seine Bücher und verließ das Haus.

In der Tat hatten Jonathan und Mrs. Zimmermann nur darauf gewartet, dass sie sich endlich in aller Ausführlichkeit über den Einbruch unterhalten konnten. Jegliche Herumpfuscherei an der Gruft zweier so gefährlicher Magier wie Isaac und Selenna Izard war eine ernst zu nehmende Angelegenheit und sie wollten Luis nicht verängstigen mit dem, was sie zu besprechen hatten. Allerdings hatten sie keine Ahnung, welche Rolle Luis bei der ganzen Sache gespielt hatte. Jonathan war nicht der Typ, der nachts durchs Schlüsselloch schielte, um herauszubekommen, ob sein Neffe auch wirklich schlief, und deshalb wusste er auch nicht, dass Luis nicht im Hause gewesen war. Natürlich hatten er und Mrs. Zimmermann sich eine Weile ihre Gedanken über sein seltsames Benehmen gemacht, aber sie brachten es nicht in Verbindung mit dem, was in der Halloween-Nacht geschehen war.

Als sie ihre Diskussion beendet hatten (bei der übrigens überhaupt nichts herausgekommen war außer der einstimmigen Meinung, dass dort schmutzige Kräfte am Werk gewesen sein mussten), beschlossen Jonathan und Mrs. Zimmermann, Luis eine Freude zu machen und ihn zu einer Spazierfahrt in die Umgebung von New Zebeedee einzuladen. Sie wussten, dass er leidenschaftlich gerne Auto fuhr, und da sie schon lange keinen Ausflug mehr gemacht hatten, meinten sie, dass sie Luis' düstere Stimmung damit ein wenig aufheitern könnten.

Aber als Luis dann nach Hause kam, war er sehr niedergeschlagen und bekümmert. Den ganzen Tag lang hatte er an dieser Grabgeschichte herumgrübeln müssen. Als Jonathan nach dem Essen seinen Stuhl zurückschob und Luis fragte, ob er nicht Lust auf eine schöne, lange Tour mit dem Auto hätte, zuckte der denn auch nur mit den Schultern und sagte mit Leichenbittermiene: »Ja, ja, ich glaub schon, dass ich Lust habe.«

Jonathan sah Luis besorgt an, sagte aber nichts. Er stand lediglich auf und holte seine Autoschlüssel. Wenig später saßen sie alle drei, Jonathan, Mrs. Zimmermann und Luis, zusammengepfercht auf dem Vordersitz von Jonathans 1935er Muggins Simoon, einem großen, schwarzen Wagen mit Trittbrettern und einer hochklappbaren Windschutzscheibe. Das Auto spuckte bläuliche Qualmwolken in die Luft und fuhr langsam die ausgefahrene Auffahrt hinunter zur Straße.

So fuhren sie stundenlang, zumal die untergehende Sonne noch lange Licht gab und die Täler sich mit purpurn schimmerndem Nebel füllten. Sie fuhren vorbei an Scheunen mit blauen Schildern, auf denen stand VERGESSEN SIE DEN BRIEFTRÄGER NICHT. Vorbei ging es an grünen John-Deree-Traktoren, die in schlammigen Furchen geparkt waren, sie fuhren bergauf und bergab, über holprige Straßenkreuzungen mit X-förmigen Schildern, die wie ACH-VERKEHR-TUNG-ZUG aussahen, wenn man sie falsch las, durch kleine Städtchen, die aus nicht viel mehr bestanden als einer Kirche, einem Tante-Emma-Laden mit einer Tankstelle davor und einem grünen Rasendreieck mit einer Fahnenstange mittendrin, wo sich die beiden Straßen trafen. Als es dunkel wurde, waren sie meilenweit von New Zebedee entfernt.

Sie waren bereits auf dem Heimweg, als Jonathan plötzlich aus einem für Luis unerfindlichen Grund anhielt. Er stellte den Motor ab und starrte angestrengt auf die grünen Lichter am Armaturenbrett.

»Ist etwas nicht in Ordnung, Onkel Jonathan?«, fragte Luis.

»Ich bilde mir ein, dass ich irgendwo ein Auto kommen höre«, sagte Jonathan. »Hörst du es auch, Florence?«

»Ja, natürlich«, sagte Mrs. Zimmermann und sah ihn verwundert an. »Aber was ist da denn Besonderes dran? Schließlich ist es doch nicht verboten, nachts Auto zu fahren.«

»Wirklich?«, sagte Jonathan mit seltsamer Betonung. Er machte die Wagentür auf und trat auf den Kiesweg hinaus. »Wartet hier«, sagte er und lief ein Stück die Straße hinauf. Dann blieb er stehen und lauschte. Auch bei geöffneter Wagentür konnte Luis nur das Rauschen des Windes in den Chausseebäumen und das Klappern eines Metallschildes an einem Stacheldrahtzaun hören. Der Wagen stand fast auf einer Hügelkuppe und jetzt konnte Luis sehen, wie plötzlich zwei Scheinwerfer aus einer Senke auftauchten und gleich wieder verschwanden. Jonathan kam eiligst zum Auto zurückgerannt. Er warf die Tür hinter sich zu und ließ den Motor an. Mit quietschenden Reifen warf er den Wagen herum und gab Gas in die Richtung, aus der sie gekommen waren.

Luis hatte Angst. »Was ist denn los, Onkel Jonathan?«, fragte er.

»Später, Luis, Florence, wie kommen wir am schnellsten auf einem guten Umweg nach New Zebeedee zurück?«

»Die Nächste rechts. Das ist die 18-Kilometer-Straße und die mündet nachher in die Wilder-Creek-Straße. Und nun fahr schon! Die holen ganz schön auf!«

Früher, als er mit seinen Eltern im Auto fuhr, hatte Luis sich oft vorgestellt, dass sie von einem anderen Wagen verfolgt würden. Das war eine feine Sache, um sich auf langen, eintönigen Nachtfahrten die Zeit zu vertreiben. Und er wusste noch, wie enttäuscht er jedes Mal war, wenn das mysteriöse Verfolgerauto in eine Seitenstraße abbog.

Aber diesmal war es ernst.

In engen Kurven gerieten sie gefährlich ins Schleudern und dann quietschten die Reifen. Bergauf, bergab, dann mit 100 oder 120 Stundenkilometern geradeaus – was bei diesen kurvenreichen Landstraßen nie lange möglich war. Luis hatte Jonathan noch nie so schnell und rücksichtslos fahren gesehen. Aber so schnell er auch fuhr, die beiden eisigen Lichtkreise blieben immer in seinem Rückspiegel.

Mrs. Zimmermann und Jonathan schienen beide zu wissen, wer oder was dort in dem Wagen hinter ihnen war – oder zumindest schienen sie zu wissen, dass die Lage gefährlich war. Sie sprachen so wenig wie möglich, außer wenn sie sich wegen der Fahrtrichtung beratschlagten. So saß Luis einfach nur da und versuchte an den grünen Armaturenlichtern und dem warmen Luftstrom aus der Heizung neben seinen Knien ein wenig Geborgenheit und Mut zu finden. Natürlich fühlte er sich auch geborgen bei den beiden Zauberern, deren warme Körper sich in der einlullenden Dunkelheit beruhigend gegen den seinen pressten. Aber er wusste, dass sie Angst hatten und deshalb hatte er doppelt soviel Angst.

Was war das, das sie da verfolgte? Warum machten Jonathan oder Mrs. Zimmermann nicht irgendein Zeichen und verwandelten das unheilvolle Auto in einen rauchenden Schrotthaufen? Luis starrte auf das Licht der Scheinwerfer auf der Straße und dachte an das, was er auf dem Friedhof gesehen hatte und was Onkel Jonathan ihm über die Brille von Mrs. Izard erzählt hatte. Langsam fing er an zu begreifen, wie alle diese Dinge zusammenpassten.

Der Wagen jagte weiter. Von den Reifen stoben kleine Steine nach allen Seiten fort. Es ging hinab in tiefe Schluchten, die von skelettartigen dunklen Bäumen flankiert waren, wobei der aufgehende Mond mit ihnen Schritt halten zu wollen schien. Sie durchquerten fast das ganze Capharnaum County in dieser Nacht, denn der Umweg war weit. Nach einer Weile, die ihnen wie eine kleine Ewigkeit vorkam, erreichten sie eine Stelle, an der drei Straßen aufeinandertrafen. Als das Auto mit Karacho um die Ecke bog, konnte Luis für einen Augenblick eine mit weißem Reif bedeckte Kanone aus der Zeit des Bürgerkriegs, eine hölzerne Kirche mit schmutzigen, bunten Fenstern und einen Tante-Emma-Laden erkennen, auf dessen dunkel schimmernden Fenstern das Wort SLADA stand.

»Jetzt sind wir auf der Wilder-Creek-Straße, Luis«, sagte Mrs. Zimmermann und nahm ihn in ihre Arme. »Jetzt dauert es nicht mehr lange. Hab keine Angst.«

Der Wagen raste weiter. Abgestorbene Getreidehalme bogen sich im heißen Fahrtwind und überhängende Zweige peitschten über das Blechdach hinweg. Die brennenden weißen Kreise tanzten noch immer im Rückspiegel und es sah so aus, als ob sie näher kommen würden. Während der ganzen Verfolgungsjagd waren sie nie weiter als zwei oder drei Wagenlängen von ihnen entfernt gewesen.

Jonathan trat das Gaspedal voll durch. Der Geschwindigkeitsmesser schnellte auf 120 hoch, was auf diesen Straßen ein halsbrecherisches Unterfangen war. Aber die größere Gefahr drohte von hinten und deshalb nahm Jonathan die weit ausholenden Kurven so gut er eben konnte mit quietschenden Reifen, während der eine Kotflügel fast den holprigen Asphalt berührte. Immerhin waren sie jetzt auf einer befestigten Straße und konnten schneller fahren als auf dem losen Kiesweg.

Schließlich erreichten sie eine hochgelegene Hügelkuppe und unter ihnen floss friedlich im Sternenlicht – der Mond war schon seit einiger Zeit untergegangen – der Wilder Creek. Jetzt konnten sie schon die Brücke erkennen, die aus einem Wirrwarr von Eisenträgern bestand. Immer schneller und schneller rasten sie den Hügel hinunter und der Wagen hinter ihnen folgte mit gleicher Geschwindigkeit. Sie hatten die Brücke fast erreicht, als die Lichter im Rückspiegel etwas für Scheinwerfer sehr Merkwürdiges taten: Sie wurden größer und breiteten sich seitwärts aus, bis sie eine blendend weiße Lichtwand bildeten. Luis schlug die Hände vors Gesicht. Würde er jetzt blind werden? War Jonathan auch geblendet worden? Würde der Wagen gegen einen Brückenpfeiler prallen, oder …?

Mit einem Male hörte Luis das klappernde Geräusch der Brückenschwellen unter sich. Er nahm die Hände vom Gesicht. Er konnte sehen. Jonathan lächelte und trat auf die Bremse. Mrs. Zimmermann stieß einen tiefen Seufzer der Erleichterung aus. Sie waren auf der anderen Seite der Brücke.

Als Jonathan die Tür öffnete, um auszusteigen, drehte Luis sich in seinem Sitz herum und sah, dass das andere Auto kurz vor der Brücke zum Stehen gekommen war. Die Scheinwerfer waren jetzt dunkel bis auf zwei stecknadelkopfgroße, glimmende Punkte. Luis konnte nicht erkennen, ob dort jemand im Wagen saß, denn die Windschutzscheibe war mit einem silbrig schimmernden Belag überzogen.

Jonathan stand da, die Hände in die Seiten gestemmt, und sah hinüber. Er schien jetzt keine Angst mehr vor dem fremden Auto zu haben. Langsam wendete das geheimnisvolle Auto und fuhr davon. Als Jonathan zu seinem Muggins Simoon zurückkam, kicherte er vor sich hin.

»Jetzt ist alles vorüber, Luis. Du brauchst keine Angst mehr zu haben. Hexen und andere böse Geister können kein fließendes Gewässer überqueren. Das ist zwar eine uralte Regel, aber sie tut noch immer ihre Wirkung.«

»Man könnte noch hinzufügen«, sagte Mrs. Zimmermann in ihrer pedantischen Art, »dass Elihu Clabbernong diese eiserne Brücke im Jahre 1892 erbaut hat. Zuerst glaubten alle, das wäre ein Bauauftrag des Landes gewesen, in Wirklichkeit aber wollte er nur sichergehen, dass der Geist seines toten Onkels Jedediah nicht über den Fluss kommen konnte, um ihn zu holen. Und dann war dieser Elihu schließlich auch ein Freizeit-Zauberer und was er mit der Eisenbrücke gemacht hat …«

»Um Himmels willen, Florence!«, rief Jonathan und hielt sich die Ohren zu. »Willst du etwa die ganze Geschichte des Capharnaum County erzählen? Jetzt um vier Uhr morgens?«

»Was denn, ist es schon *so* spät?«, fragte Luis.

»Ja«, sagte Jonathan müde, »wenn nicht noch später. Das war wirklich ein dicker Ausflug.«

Sie fuhren weiter in Richtung New Zebeedee. Unterwegs hielten sie an einem 24-Stunden-Restaurant und bestellten sich ein Frühstück mit Waffeln, Eiern, Pommes frites, Wurst, Kaffee und Milch. Dann saßen sie noch eine Weile und sprachen über ihre glückliche Rettung und wie knapp sie der Gefahr entronnen waren. Luis stellte eine Menge Fragen, aber viele Antworten bekam er nicht.

Als sie in New Zebeedee ankamen, dämmerte bereits der Morgen. Es würde ein bedeckter Novembertag werden. Die Stadt mit ihren Hügeln schien in einem tristen Grau in Grau zu schwimmen. Als Jonathan vor ihrem Haus hielt, sagte er: »Irgendetwas stimmt da nicht. Bleib du so lange mit Luis im Wagen, Florence.«

»Ach du meine Güte«, rief sie und verdrehte die Augen. »Was soll denn nun noch passiert sein?«

Jonathan machte das Eisentor auf und lief die Auffahrt hinauf. Luis konnte von seinem Platz aus nur erkennen, dass die Haustür offen stand. Das war an sich nichts weiter Besonderes, denn die Bürger von New Zebeedee schlossen ihre Türen niemals ab und manchmal gingen die Schnappschlösser wieder auf, nachdem sie die Tür nur zugeschlagen hatten. Jonathan verschwand im Haus und blieb dort volle zehn Minuten. Als er zurückkam, machte er ein besorgtes Gesicht.

»Komm, Florence«, sagte er und öffnete die Wagentür an ihrer Seite. »Ich glaube, wir können jetzt ruhig hineingehen. Aber es ist eingebrochen worden.«

Luis brach in Tränen aus. »Sie haben doch nicht etwa deine Wasserpfeife gestohlen oder deine *Bonsoir*-Münzen?«

Jonathan lächelte gequält. »Nein, Luis. Ich fürchte, so einfach war die Sache nicht. Irgendjemand muss nach irgendwas gesucht haben und ich glaube, er hat es auch gefunden. Komm jetzt ins Haus.«

Luis hatte erwartet, das ganze Haus in einem wüsten Durcheinander wiederzufinden, mit umgeworfenen Stühlen, zerbrochenen Lampen und allen möglichen rings auf dem Fußboden zerstreuten Sachen. Aber als er die Vorhalle betrat, sah er, dass alles noch an seinem Platz war. Jedenfalls auf den ersten Blick schien alles in Ordnung zu sein. Jonathan tippte ihm auf die Schulter und deutete an die Decke. »Sieh mal, da oben«, sagte er.

Luis stockte der Atem. Die Metalleinfassung war an der Stelle, wo die Lampe in der Decke befestigt war, losgeschraubt worden. Sie baumelte in halber Höhe an der Kette.

»Und so sieht es in allen Zimmern aus«, sagte Jonathan. »Von jeder Wandleuchte und jeder Deckenlampe ist die Metallkappe losgeschraubt worden. Natürlich waren ein paar Stühle umgestoßen und etliche Vasen zerbrochen, um das Ganze wie einen ganz gewöhnlichen Einbruch erscheinen zu lassen. Aber wir sollten uns nicht täuschen lassen. Wer auch immer hier gewesen sein mag, er muss einen ziemlich genauen Anhaltspunkt dafür gehabt haben, wo er suchen muss. Kommt mal mit.«

Jonathan führte Luis und Mrs. Zimmermann ins vordere Wohnzimmer, einen mehr oder weniger unbenutzten Raum mit verspielten kleinen roten Samtstühlchen und Bänkchen. An der Wand über dem Harmonium befand sich eine metallene Lampenfassung wie überall im Haus: ein mattpoliertes kelchförmiges Ding an der Wand, aus dem eine kleine, gebogene Metallröhre herausragte. Am Ende dieser Röhre befanden sich eine Buchse und ein Glaskolben mit einem rosa gerüschten Schirm drumherum.

»Ich dachte, du hast gesagt, die Fassung sei lose«, sagte Luis.

»Das war sie auch und sie ist es immer noch«, sagte Jonathan. »In diesem Fall hat der Soundso versucht, sie wieder festzumachen, was nicht gerade ein sehr kluger Einfall war, nachdem er die anderen Fassungen im Haus alle auf Halbmast gehängt hat. Manche sind sogar ganz heruntergerutscht. Aber ich glaube, unser unbekannter Freund wollte – allerdings auf höchst ungeschickte Art und Weise – verhindern, dass ich mir diese hier genauer betrachte.«

Jonathan nahm sich einen Stuhl und stellte sich darauf. Er nahm die Fassung ganz ab und sah hinein. Dann stieg er wieder herunter und ging in den Kellergang, um eine Taschenlampe zu holen. Als er wiederkam, hatten Luis und Mrs. Zimmermann bereits ein paarmal die Innenseite der Fassung in Augenschein genommen. Beide wussten nicht, was sie davon halten sollten. Im Inneren der staubigen Halbkugel war ein grünlicher Rostfleck, der Luis an die Furchen und Risse in den römischen Kupfermünzen erinnerte, mit denen sie immer Poker spielten. Es war der Abdruck von etwas, das für eine lange, lange Zeit in der alten Metallfassung verborgen gelegen haben musste. Der Abdruck sah so aus:

»Es sieht aus wie der Schlüssel zu einer Uhr«, sagte Luis mit schwacher, kehlig klingender Stimme.

»Ja, so sieht es aus«, sagte Jonathan. Er ließ den Lichtkegel im Inneren der Halbkugel hin- und hergleiten und kniff die Augen zusammen.

»Onkel Jonathan, was soll das bloß alles bedeuten?«, fragte Luis und es klang so, als ob er gleich in Tränen ausbrechen würde.

»Das würde ich auch gerne wissen«, sagte Jonathan. »Ich gäb was drum, wenn ich's nur wüsste.«

VII. KAPITEL

Es regnete viel in diesem November in New Zebeedee. Jede Nacht fiel ein gleichmäßiger, eisig-kalter Regen und morgens waren die Fußwege eine einzige spiegelblanke Eisfläche. Luis saß an seinem Fenster und sah zu, wie der Regen auf die morschen Dachziegel der Veranda trommelte. Er fühlte sich richtig krank. Es war ein trostloses, dunkles Gefühl, das ihn bedrückte. Er fühlte sich tief im Innersten verzehrt von Schuld und Reue, denn er wusste, was er getan hatte, oder er glaubte es jedenfalls zu wissen: Er hatte die Hexe Izard aus ihrem Sarg befreit und dann hatte sie den Schlüssel gestohlen, den Schlüssel für die Zauberuhr, die auf seltsam unfassbare Weise hinter jeder dieser Wände zu ticken schien, morgens, mittags und abends, manchmal lauter, manchmal leiser, aber immer gegenwärtig.

Was würde geschehen? Wer könnte sie aufhalten und was würde überhaupt passieren, wenn sie den Schlüssel benutzte? Luis wusste keine Antwort auf alle diese Fragen.

Vielleicht wäre es besser gewesen, wenn er mit Jonathan über die ganze Geschichte hätte sprechen können, aber das ging ja nicht, ohne dass er eingestand, was er in der Halloween-Nacht verbrochen hatte. Und davor hatte er Angst. Nicht, weil Onkel Jonathan etwa ein furchteinflößender Mensch wäre. Mit ihm konnte er, ganz im Gegenteil, sogar besser reden als mit den meisten anderen Leuten, die Luis kannte; sehr viel besser jedenfalls, als er es je mit seinem Vater gekonnt hatte. Aber warum hatte er dann überhaupt Angst?

Nun, er hatte eben Angst, weil er Angst hatte. Vielleicht lag das daran, dass seine Mutter ihm mal mit dem Heim für Schwererziehbare gedroht hatte, als er ›unartig‹ gewesen war. Das Schwererziehbarenheim war ein großes, weißes Haus gewesen am Rande der Stadt, wo Luis mit seinen Eltern gewohnt hatte. Es lag auf einem Hügel und die Fenster waren mit Gitterstäben und Maschendraht gesichert. Dort kamen die Kinder hinein, die ungezogen gewesen waren – jedenfalls wurde das allgemein so behauptet. Luis kannte nämlich niemanden, der wirklich dort gewesen war. Ganz bestimmt nicht. Aber Luis' Mutter hätte ihn in Wirklichkeit deshalb da doch nie hingeschickt. In Wirklichkeit nicht. Und jedes Mal, wenn sein Onkel jetzt etwas über die Vorgänge am Allerheiligen-Abend sagte, musste er an das Schwererziehbarenheim denken. Und deshalb hatte er eben Angst. Diese Angst war natürlich völlig unbegründet, wenn man bedachte, was Jonathan für ein Mensch war. Aber Luis kannte ihn ja noch nicht so sehr lange und dann kann man schließlich auch nicht damit rechnen, dass die Menschen immer nur vernünftig reagieren.

Außerdem war da noch etwas, was Luis' Kummer noch schwerer machte. Er hatte Tarby verloren, trotz aller Bemühungen und Freundschaftsbezeugungen – oder vielleicht gerade deshalb. Gut, es ging noch an, wenn man erzählte, dass man Geister beschwören könnte, aber wenn man es dann auch noch wirklich tat – gewöhnliche Leute haben halt leider noch nie viel für Menschen mit übersinnlichen Kräften übrig gehabt. Tarby hatte jetzt Angst vor Luis, beziehungsweise amüsierte er sich jetzt lieber mit den anderen Jungens, die Rundläufe schafften und hohe Bälle fangen konnten. Jedenfalls hatte Luis seit der Halloween-Nacht Tarby nicht mehr gesehen.

Der November schleppte sich weiter so dahin, es regnete, ohne dass irgendetwas Außergewöhnliches oder Beunruhigendes passiert wäre, bis zu dem Tag, es war der dritte Dezember, als die Hanchetts plötzlich auszogen.

Die Hanchetts wohnten gegenüber in einem schachtelartigen, dunkelbraunen Haus mit ganz winzigen Fenstern in kleinen, rhombusförmigen Rahmen, die man aufklappen konnte statt sie auf und nieder zu schieben. Die Hanchetts waren ein freundliches Ehepaar in den mittleren Jahren, die sich mit Jonathan und Mrs. Zimmermann immer gut verstanden hatten, aber eines Morgens waren sie dann plötzlich fort. Ein paar Tage nach ihrer Abreise kam ein Lastwagen mit etlichen Möbelpackern in grauen Uniformen, die das gesamte Mobiliar der Hanchetts auf den Wagen luden und damit davonfuhren. Dann erschien ein Immobilienmakler und befestigte ein großes rot-weißes Schild an der Haustür, auf dem stand:

ZU VERKAUFEN

BISCHOF BARLOW, Häusermakler

Tel.: 865

Bischof Barlow war natürlich kein richtiger Bischof. Er hieß bloß Bischof mit Vornamen. Luis kannte ihn: Er war ein dicker, fetter Wichtigtuer, der immer eine Sonnenbrille aufhatte, auch bei Regen. Für gewöhnlich rauchte er billige, übelriechende Zigarren und trug sportliche Mäntel, die bei ihm wie Zeltplanen aussahen.

Jonathan schien die Abreise der Hanchetts ernstlich Sorgen zu machen. Er rief ihren Sohn an, der eine Anwaltspraxis in Osee Five Hills hatte, und bekam heraus, dass sie jetzt dort bei ihm wohnten. Das verängstigte Ehepaar war durch nichts dazu zu bewegen, mit Jonathan am Telefon zu sprechen, und offenbar schienen sie ihn für ihre plötzliche Abreise verantwortlich zu machen. Der Sohn wusste anscheinend nicht viel über die ganze Geschichte. Er stotterte nur irgendetwas über »Geister und Missbrauch von magischen Kräften« und hängte ein.

Eines Tages, als Luis von der Schule nach Hause kam, hielt ein kleiner Transportwagen vor dem ehemaligen Haus der Hanchetts. Auf dem Wagen stand in großen schwarzen Buchstaben: SPEDITION TERMINUS & CO.

Luis wollte gerade über die Straße laufen, um den Männern beim Abladen zuzuschauen, als er mit Erschrecken feststellte, dass er den Fahrer kannte: Es war Hammerstiel.

Jedes Kind in New Zebeedee kannte Hammerstiel und das Klügste war, ihm aus dem Wege zu gehen. Er war ein übler, alter Stadtstreicher, der in einer Bretterbude in der Nähe der Eisenbahnlinie wohnte und von dem man sagte, dass er die Fähigkeit hätte, die Zukunft voraussagen zu können. Luis hatte ihn einmal von weitem in einer Horde von Kindern gesehen, die alle um Hammerstiels Bretterbude herumgestanden hatten. Es war an einem heißen Sommertag gewesen und er erinnerte sich noch genau, wie Hammerstiel dort vor der Tür auf einem wackligen Küchenstuhl saß und vom Weltuntergang redete, der – nach seiner Ansicht – nicht mehr fern war. Hinter ihm im Dunkel und Durcheinander der alten Hütte stand fein säuberlich aufgeschichtet eine Reihe von glatten, gelben Pfählen: Stiele für Äxte, Hacken und Hämmer. Er schnitzte und verkaufte sie. Daher hatte er auch seinen Namen.

Luis blieb stehen und wunderte sich, warum er mit einem Male einen Transporter fuhr. Hammerstiel knallte die Wagentür auf der Fahrerseite zu und kam über die Straße. Er sah sich blitzschnell um und packte dann Luis beim Kragen. Sein stoppeliges Gesicht war jetzt ganz nahe und sein Atem roch nach Whisky und Tabak.

»Was, zum Teufel, hast du hier rumzuschnüffeln, hä?«

»Ga-gar nichts. Ich … äh … ich wollte bloß zusehen, wie die Leute da einziehen.«

Es wurde bereits dunkel und Luis fragte sich, ob man ihn überhaupt noch sehen konnte. Wenn er schrie – würden Jonathan oder Mrs. Zimmermann ihm zu Hilfe kommen?

Hammerstiel ließ Luis' Kragen los. »Pass bloß auf«, sagte er mit seiner harten, schneidenden Stimme, »und steck deine Nase gefälligst in deinen eigenen Kram, klar? Und das kannste deinem fetten Onkel auch gleich melden. Bleib mir ja aus den Augen, kapito?!« Er warf Luis noch einen drohenden Blick zu, dann drehte er sich um und ging zurück zum Wagen.

Luis blieb für einen Augenblick wie angewurzelt stehen, weil er am ganzen Leibe zitterte. Der Schweiß brach ihm aus. Dann drehte er sich um und lief so schnell er konnte durch das offene Tor den Weg hinauf ins Haus.

»Onkel Jonathan! Onkel Jonathan!«, rief er. Er riss

die Türen vom Arbeitszimmer auf und sah hinein. Kein Jonathan. Er rief nach ihm im vorderen Salon, in der Küche und im Treppenhaus. Schließlich erschien Jonathan auf dem oberen Treppenabsatz. Er hatte seinen Bademantel an, der aussah wie ein Talar, wie ihn Professoren bei Doktorandenfeiern tragen, er war schwarz und hatte rote Streifen auf den Ärmeln. In der einen Hand hielt er eine tropfende, langstielige Badebürste, in der anderen das Buch, das er in der Wanne gelesen hatte.

»Ja, Luis! Was ist denn los?« Zuerst klang er etwas ungehalten, aber als er sah, in welcher Verfassung Luis war, ließ er Buch und Bürste fallen und trapste mit seinen nassen Füßen so schnell er konnte die Treppe hinunter, um ihn in die Arme zu nehmen. Das war zwar mehr ein Dampfbad, aber Luis tat es gut.

»Luis, mein Junge!«, sagte Jonathan und kniete sich vor ihm hin. »Was um Himmels willen ist denn bloß passiert? Du siehst ja furchtbar aus!«

Obwohl Luis nur stockend sprechen konnte und die Stimme ihm ein paarmal versagte, kam schließlich doch heraus, was geschehen war. Als er fertig war, bemerkte er, wie der Ausdruck in Jonathans Gesicht sich schlagartig veränderte. Er wurde hart und ärgerlich, aber der Ärger galt nicht Luis. Jonathan stand auf, knotete seinen Bademantel enger um sich und stakste zur Vordertür. Einen Augenblick lang glaubte Luis, er würde Hammerstiel gleich und auf der Stelle zur Rechenschaft ziehen, aber er machte bloß vorsichtig die Tür auf und starrte hinüber auf das ehemalige Haus der Hanchetts. Die Möbelpacker waren gerade dabei, die Hintertür abzuschließen. Offenbar war es nicht sehr viel gewesen, was sie auszuladen gehabt hatten.

Mit verschränkten Armen sah Jonathan zu, wie der Lastwagen davonfuhr. »Hätt ich mir auch gleich denken können, dass der seine Finger im Spiel hat«, sagte er bitter. Luis sah seinen Onkel groß an. Er hatte nicht die leiseste Ahnung, was eigentlich los war, und aus irgendeinem Grund wagte er es auch nicht, Jonathan zu fragen, was er mit seiner Äußerung gemeint hatte.

Beim Abendessen fragte Luis Jonathan dann, warum Hammerstiel sich so gemein benommen hatte. Jonathan warf ärgerlich seine Gabel beiseite und sagte: »Weil er eben ein hundsgemeiner Kerl ist, darum! Da gibt es überhaupt nichts zu erklären! Bleib ihm vom Leibe und dir passiert auch nichts. Und geh auch nicht … geh auf keinen Fall … Ach, ich weiß auch nicht mehr, was ich sagen soll!« Er stand auf und verließ geräuschvoll das Zimmer. Luis hörte nur noch, wie die Tür vom Arbeitszimmer zuschlug.

Mrs. Zimmermann beugte sich zu Luis hinüber und streichelte sanft seine Hand. »Sei nicht traurig, Luis«, sagte sie, »er ist nicht böse auf dich. Aber er hat jetzt den Kopf so voll mit allen möglichen Dingen und geschlafen hat er auch kaum. Komm rüber zu mir, wir spielen eine Partie Schach.«

»In Ordnung«, sagte Luis und war dankbar für diesen Vorschlag.

Sie spielten bis zehn Uhr abends und da Luis die meisten Partien gewonnen hatte, war er guter Dinge, als er nach Hause kam. Oben sah er einen Lichtstreifen unter Jonathans Schlafzimmertür, aber er wollte ihn nicht stören. Im Schlafanzug ging er zu seinem Fensterplatz, setzte sich dort hin und zog den schweren Vorhang zurück.

Es war eine kalte, helle, sternklare Nacht. Der Wasserturm oben auf dem Hügel schimmerte im Mondlicht und die Dächer der Häuser waren dunkle, gefleckte Schatten. In den Häusern neben den Hanchetts war noch Licht und durch ein Fenster konnte Luis einen von diesen neuen Fernsehapparaten erkennen, was von außen wie der milchige Schimmer eines beleuchteten Aquariums wirkte. Jonathan hatte noch keinen solchen Fernsehapparat. Das Haus der Hanchetts schien in tiefem Schatten zu liegen, nur das Dach war spärlich vom Mondlicht beleuchtet. Im Licht einer Straßenlaterne konnte Luis sehen, dass dort ein Wagen in der Auffahrt stand.

Er wollte gerade den Vorhang wieder zuziehen und zu Bett gehen, als drüben in der Vorhalle das Licht anging. Die beiden zugefrorenen Scheiben der Vordertür glänzten in gelbem Licht. Dann plötzlich ging einer der Türflügel nach innen auf und jemand trat heraus auf die Vortreppe. Luis versuchte zu erkennen, wer es war, der da dort draußen stand, um die eisige Dezemberluft einzuatmen. Er meinte, das schwache Glitzern von Brillengläsern gesehen zu haben, aber auf die Entfernung hin war er sich nicht sicher.

Nach einer Weile ging die dunkle Gestalt wieder hinein und machte die Tür hinter sich zu. Das Licht in der Vorhalle ging aus. Luis saß noch eine Weile da und dachte nach, dann zog er den Vorhang zu und ging endlich zu Bett.

VIII. KAPITEL

Am nächsten Tag half Jonathan Luis dabei, in der Kammer neben der Vorhalle nach seinen alten Schlittschuhen zu suchen. Luis hatte zwar sehr empfindliche Fußgelenke und fürchterliche Angst, auf dem Eis hinzufallen, aber er hatte sich fest vorgenommen, Schlittschuhlaufen zu lernen. Vielleicht konnte er, wenn er ein guter Schlittschuhläufer wurde, Tarbys Gunst wieder zurückgewinnen. Er hatte Tarby zwar nie Schlittschuh laufen gesehen, aber er war sicher, dass der Baseballkönig von New Zebeedee ebenso auch ein Meister im Schlittschuhlaufen war. Höchstwahrscheinlich konnte er mit den Kufen sogar seinen Namen auf die Eisfläche des zugefrorenen Durgy-Sees schreiben.

Also warfen Luis und Jonathan bei ihrer Suche nach den Schlittschuhen verbogene Federball-Schläger, alte Faschingskostüme, Galoschen und Picknickkörbe durcheinander in die Halle. Schließlich tauchte Jonathan aus dem Gerümpel hervor und hielt ein metallenes Etwas in die Luft, das aussah wie ein Aluminium-Ski für Zwerge. Es war ein Schlittschuh für Anfänger mit zwei kleinen Kufen.

»Meinst du das hier?«

»Das ist schon mal einer. Prima, Onkel Jonathan! Jetzt brauchen wir nur noch den zweiten zu finden.«

Während sie weitersuchten, fragte Luis so beiläufig wie möglich: »Sag mal, Onkel Jonathan, wer wohnt eigentlich da drüben in dem alten Hanchett-Haus?«

Jonathan fuhr plötzlich hoch in dem engen Raum und stieß prompt mit dem Kopf gegen ein Bord. Nachdem er sich ausgiebig den Kopf gerieben und aufgehört hatte zu stöhnen, blickte er auf Luis hinunter und sagte in reichlich scharfem Ton: »Wozu willst du das wissen?«

»Och, es interessiert mich einfach«, sagte Luis eingeschüchtert. Er konnte sich einfach nicht erklären, warum sein Onkel nun schon wieder böse wurde.

Jonathan kam mit dem zweiten Schlittschuh aus der Rumpelkammer und warf ihn auf einen Stapel alter Sachen.

»So, es interessierte dich also einfach, ja? Ich will dir mal was sagen, Luis. Es gibt einfach bestimmte Dinge, für die du dich besser *nicht* interessierst. Und wenn ich dir einen guten Rat geben darf: Versuche nicht immer, dich in Dinge einzumischen, von denen du nichts verstehst. Hier ist dein anderer Schlittschuh und nun … na, viel Spaß jedenfalls. Ich hab noch zu arbeiten und ich habe schon genug Zeit damit verplempert, deine albernen Fragen zu beantworten.«

Jonathan stand abrupt auf und ging in sein Arbeitszimmer. Er hatte gerade die beiden Türflügel mit einem lauten Knall aufgestoßen, als er plötzlich innehielt und zu der Rumpelkammer zurücklief, vor der Luis noch immer mit Tränen in den Augen kniete.

»Bitte, verzeih mir, Luis«, sagte Jonathan mit müder Stimme. »Ich fühle mich ziemlich elend in letzter Zeit.

Zu viele Zigarren, wahrscheinlich. Was das Haus gegenüber angeht … Ich habe gehört, dass es an eine alte Dame vermietet worden ist. Mrs. O'Meagher. Sie soll ein wenig eigenbrötlerisch sein – hat man mir jedenfalls erzählt. Ich selber habe sie noch nicht gesehen … aber ich möchte einfach nicht, dass dir irgendetwas passiert.« Jonathan lächelte nervös und strich Luis durchs Haar. Dann stand er wieder auf und ging zum Arbeitszimmer zurück. Vor der Tür blieb er noch einmal stehen.

»Geh nicht dorthin«, sagte er schnell, dann ging er hinein und warf die Flügeltür geräuschvoll hinter sich zu.

In Luis kämpften widersprüchliche Gefühle von geheimnisvoller Anziehungskraft, Furcht und Spannung miteinander, sodass er keinen klaren Gedanken fassen konnte. Er hatte seinen Onkel noch nie so erlebt und er fragte sich mehr denn je, was es mit der neuen Nachbarin von gegenüber nun eigentlich auf sich hatte.

Eines Nachts, in der Woche vor Weihnachten, als es heftig geschneit hatte, wurde Luis vom Klingeln der Türglocke geweckt. *Rrrriiiiing! Rrrriiiiing!* Es war keine elektrische Klingel, sondern eine alte, verrostete mechanische Glocke, die mitten über der Eingangstür angebracht war. Irgendjemand drückte auf den flachen, metallenen Klingelknopf und entlockte der altersschwachen Glocke ein gequältes *Rrr-rr-ing!*

Luis setzte sich auf und sah auf seinen Wecker. Die beiden Leuchtzeiger standen senkrecht nach oben: Mitternacht! Wer konnte das sein um diese Zeit? Vielleicht ging ja Onkel Jonathan hinunter, um nachzusehen. Luis fror schon bei dem Gedanken an die zugige Vorhalle. Er zog seine Steppdecke fester um sich und zitterte vor Kälte.

Es klingelte wieder. Es klang so, als ob irgendeine

weinerliche Person mit aller Macht in einer Auseinandersetzung auf ihrem lächerlichen Standpunkt beharrte. Aus Jonathans Zimmer war nichts zu hören, jedenfalls nichts, was darauf schließen ließ, dass er aufgewacht war. Luis konnte nur die lauten und gleichmäßigen Schnarchgeräusche seines Onkels hören, und das, obwohl eine dicke Wand ihre beiden Zimmer trennte. Wenn Jonathan erst einmal schlief, hätte man eine Kanone neben ihm abfeuern können, ohne ihn zu wecken.

Luis stand auf. Er warf die Decken zurück, schlüpfte in seinen Bademantel und fand schließlich auch seine Hausschuhe. Ganz leise tapste er den Flur entlang und dann die dunkle Treppe hinunter. Vor dem Eingang zur Vorhalle blieb er stehen. Draußen, hinter dem Vordertor, stand eine Straßenlaterne und ihr Lichtschein warf einen gebeugten Schatten gegen den gefalteten Vorhang an der Vordertür. Luis stand ganz still und betrachtete den Schatten. Er bewegte sich nicht. Langsam, Schritt für Schritt, ging er vorwärts. Als er die Tür erreicht hatte, schloss er beide Hände um den eisigkalten Türknopf und drehte ihn herum. Die Tür ging knarrend auf und ein eisiger Wind blies ihm um die nackten Knöchel. Draußen stand seine tote Tante Mattie.

Luis machte einen Schritt zurück, als die alte Dame, die ihren Kopf wie immer ganz auf eine Seite geneigt hielt, langsam auf ihn zutrippelte. Um ihre Gestalt zogen sich Schwaden bläulichen Lichts und Luis sah mit weit aufgerissenen Augen diesen Albtraum, sah seine Tante Mattie genauso, wie sie wirklich ausgesehen hatte, als er sie das letzte Mal lebend gesehen hatte. Ihr Kleid war schwarz und etwas zerdrückt, sie trug schwere Schuhe mit dicken Absätzen und benutzte ihren zusammengerollten, schwarzen Schirm beim Gehen als Spazierstock. Luis glaubte sogar Petroleumgeruch wahrzunehmen – ihr Haus, ihre Möbel und ihre Kleider hatten immer nach Petroleum gerochen. Der weiße, schwammige Klecks, der ihr Gesicht war, wackelte jetzt und strahlte vor Freude, als sie auf erschreckend vertraute Weise sagte: »Na, Luis, mein Kleiner? Freust du dich denn gar nicht, mich wiederzusehen?«

Luis wurde schwarz vor Augen. Als er wieder zu sich kam, lag er auf dem Rücken in dem eisigen Flur. Die bläulichen Lichtschwaden waren verschwunden, ebenso Tante Mattie, aber die Haustür stand noch immer offen und Schneewehen fegten über die ausgetretenen Dielen. Von der anderen Straßenseite warfen die Straßenlaternen ein ruhiges, kaltes Licht herüber. War das alles vielleicht nur der Traum eines Schlafwandlers gewesen?

Luis glaubte es nicht. Er war auch früher nie im Schlaf umhergewandelt. Er blieb so noch einen Moment in Gedanken versunken stehen und dann, er wusste selbst nicht, wieso, schlurfte er hinaus zur Verandatreppe und versuchte, vorsichtig die verschneiten Stufen hinunterzukommen. Seine Füße waren so kalt, dass er einen stechenden Schmerz spürte bei jedem Schritt, aber er ging weiter, bis er den halben Torweg zurückgelegt hatte. Dann drehte er sich um und sah zurück zum Haus. Er hielt den Atem an. Seltsame Lichteffekte spielten über die blanken Fensterscheiben und die rauen Sandsteinwände. An einem Sommermittag wären diese Lichteffekte nichts Besonderes gewesen, aber mitten in einer Dezembernacht waren sie gelinde gesagt unheimlich, denn es waren augenscheinlich Lichtflecken, kreisförmig und mondsichelartig, wie sie normalerweise entstehen, wenn die Sonne durch die Blätterkrone eines Baumes scheint.

Luis stand wie versteinert da und sah sich das eine ganze Weile an. Dann verschwanden die Lichter langsam und er fand sich ganz allein und einsam in dem kalten, verschneiten Hof. Von den Kastanienbäumen wehte ein leichter Schneestaub auf seinen Kopf, was ihn jäh aus seinem Trancezustand herausriss. Seine Füße waren völlig klamm und schmerzten vor Kälte, auch spürte er jetzt zum ersten Mal, wie der eisige Wind durch seinen dünnen Schlafanzug und seinen halbgeöffneten Baumwoll-Bademantel fegte. Bibbernd und zähneklappernd stolperte er den Weg wieder zurück.

Als er wieder in seinem Zimmer war, setzte er sich auf den Bettrand und war sich im Klaren darüber, dass er in dieser Nacht nicht mehr einschlafen würde. In seinem Kamin war alles, was man zum Anzünden eines Feuers benötigte, und er wusste auch, wo der Kakao aufbewahrt wurde. Kurze Zeit später saß Luis an einem warmen, gemütlichen Feuer, das heimelige Schatten über den schwarzen Marmor seines Kamins warf, der ihm ganz allein gehörte. Er schlürfte den dampfenden Kakao aus einem schweren Steingutbecher und versuchte, an angenehme Dinge zu denken. Nur fiel ihm nichts ein. Nachdem er eine Stunde lang so dagesessen, Kakao geschlürft und nachgedacht hatte, knipste er die Stehlampe an, nahm John L. Stoddards zweiten Band über China aus dem Regal, setzte sich ans Feuer und las bis zum Morgengrauen.

Beim Frühstück am nächsten Morgen bemerkte Luis, dass Jonathan gerötete Augen hatte und fahrige Bewegungen machte. War er etwa auch im Schlaf gestört worden? Jonathan hatte mit Luis weder über den Einbruch noch über die Verfolgungsjagd mit dem Auto, noch über die Sache mit dem Grab der alten Mrs. Izard gesprochen und Luis traute sich selber nicht, eins von diesen Themen zur Sprache zu bringen. Aber er wusste genau, dass Jonathan etwas bedrückte, und er wusste auch, dass seit dem Einbruch Jonathan und Mrs. Zimmermann des Öfteren um Mitternacht geheime Beratungen abgehalten hatten. Er hatte ihre Stimmen durch die Heißluftklappe bis nach oben gehört, aber er hatte nie genau verstehen können, worüber sie sprachen. Er hatte schon ein paar Mal daran gedacht, sich in dem Geheimgang zu verstecken, aber er hatte Angst davor, erwischt zu werden. Schließlich ist ein Geheimgang, bei dem man erst durch einen Geschirrschrank mit klappernden Schüsseln kriechen muss, nun auch wieder nicht so geheim, wie man sich das manchmal wünschen möchte. Und wenn irgend so ein geheimes Schnappschloss plötzlich hinter ihm zuschnappte, dann würde er um Hilfe schreien und hinterher außerdem noch eine einleuchtende Erklärung für das Ganze abgeben müssen.

Andererseits wünschte Luis beinahe, dass so etwas passieren würde, denn er trug schwer an seinem Geheimnis. Er hasste es, denn es schob eine Trennwand zwischen ihn und Jonathan und Mrs. Zimmermann. Er spürte, dass sie ihn beobachteten und nur darauf warteten, dass er ihnen endlich alles erzählte. Wie viel mochten sie schon wissen?

Weihnachten in der High Street Nummer 100 war in diesem Jahr ein etwas zwiespältig gefeiertes Fest. Natürlich stand ein großer Weihnachtsbaum im Arbeitszimmer und die Glaskugeln daran waren Zauberkugeln. Manchmal spiegelten sie nur das Zimmer, aber manchmal waren auch uralte Ruinen oder unbekannte Planeten darauf zu erkennen. Luis bekam von Onkel Jonathan allerlei Zauberspielzeug, darunter auch ein großes, rosa Osterei – oder besser: Weihnachtsei –, das mit vielen Glitzersternchen bestreut war, was wie Zuckerguss aussah, obwohl man das Ei nicht essen konnte. Wenn Luis in das Ei hineinsah, konnte er jede historische Schlacht sehen, die er sich wünschte. Nicht die Schlacht, wie sie in den Geschichtsbüchern stand, sondern so, wie er sie gern sehen wollte. Er wusste noch nicht, dass das Ei, genau wie die Kugeln am Weihnachtsbaum, auch die Kraft besaß, ihm Bilder von fremden Planeten zu zeigen. Erst später, als erwachsener Mann und Astronom am Mount Palomar, entdeckte er diese besondere Fähigkeit des Zaubereis.

Jonathan gab sich diesmal besonders viel Mühe mit den Weihnachtsvorbereitungen. Er stellte Kerzen in alle Fenster des Hauses – elektrische Kerzen, keine Wachskerzen, weil er die elektrischen lieber mochte –, er ließ die Glasmalfenster von starken Glühbirnen anstrahlen, sodass sie herrliche Muster aus Rot und Blau und Gold und Violett auf den dunklen, glitzernden Schnee draußen zeichneten. Er erfand den Elektro-Zwerg-in-der-Schachtel, ein kleines Männchen, das plötzlich hinter den Farbtöpfen im Kellergang auf einen zusprang und rief: »Huhhuh! Ich bin der Elektro-Zwerg.« Luis hatte keine Angst vor dem Männchen und er fand, dass diejenigen, die »Huh-huh!« schreien, eher Mitleid verdienten als Tadel.

Natürlich hatte Jonathan sich auch etwas Besonderes für den Garderobenspiegel ausgedacht. Obwohl er von seiner Gewohnheit, die Ruinen von Chichén Itzá immer und immer wieder hervorzuzaubern, nicht abzubringen war, hatte er es doch irgendwie fertig gebracht, an seinen geschliffenen Kanten den Radiosender WGN zu empfangen, sodass Luis, wenn er morgens aus der Tür trat, die Dow-Jones-Sätze und die Börsenberichte hören konnte.

Luis versuchte nach besten Kräften, Freude an diesem Weihnachtsfest zu haben, aber das war gar nicht so einfach. Er musste immer daran denken, dass Jonathans ganze Zaubervorstellung eigentlich nur dazu diente, um von anderen seltsamen Vorgängen im Hause abzulenken. Was wirklich dort vorging, war schwer zu beschreiben, aber es war geheimnisvoll und beängstigend zugleich. Nach jener Nacht, in der Luis seine Tante Mattie gesehen hatte (oder es wenigstens geträumt hatte), war das Haus noch unheimlicher geworden, als es ohnehin schon war. In einigen Zimmern verschwammen manchmal plötzlich sämtliche Konturen in der flimmernden Luft, so als ob im nächsten Augenblick das ganze Haus aus den Augen verschwinden würde. Manchmal erschienen auf den Glasmalfenstern auch düstere und erschreckende Bilder und einige Male hatte Luis in irgendwelchen Zimmerecken diese albtraumhaften Gesichter gesehen, von denen nervöse Menschen immer glauben, dass sie hinter ihnen lauern. Oftmals, wenn er – sogar bei hellichtem Tage – durch die Zimmer ging, passierte es ihm, dass er nicht mehr wusste, welcher Wochentag es war, was er eigentlich suchte, und manchmal vergaß er sogar fast, wo er war. Nachts hatte er Träume, in denen er durch das ganze Haus streifte, und zwar in der Zeit um 1890, als alles noch frisch gestrichen und neu war. Ein- oder zweimal war er aus solchen Träumen hochgeschreckt, weil Lichter über die Wände des Schlafzimmers flackerten. Sie waren diesmal nicht blätterförmig, sondern orangefarbene, unregelmäßige Lichtflecken, wie man sie in den Winkeln alter Gemäuer beim Sonnenuntergang beobachten kann.

Natürlich passierten all diese seltsamen Dinge nicht jeden Tag, sondern immer nur hin und wieder während des langen Winters von 1948/49. Als endlich der

Frühling kam, wunderte Luis sich nur darüber, dass die Hecke vor dem Hanchett-Haus völlig verwildert war. Es war eine Geißbarthecke, die sonst immer rosa und weiße Blüten getragen hatte. In diesem Frühjahr gab es keine Knospen an der Hecke. Sie war zu einem dunklen, dornigen Dickicht geworden, das die Fenster im ersten Stock völlig überwucherte und mit seinen langen, hin- und herschwankenden Ranken bereits die Regenrinne erreicht hatte. Praktisch über Nacht waren Kletten und Götterbäume neben dem Haus aufgeschossen und ihre Zweige verdeckten die Fenster des zweiten Stockwerks.

Von der neuen Nachbarin hatte Luis allerdings noch nicht viel zu sehen bekommen. Nur einmal hatte er, aus einiger Entfernung, flüchtig eine dunkle, vermummte Gestalt erblicken können, die hastig den Schlüssel zur Vordertür herumdrehte. Und von seinem Fensterplatz aus hatte er beobachten können, wie sie oben im zweiten Stock immer auf und ab ging. Aber ansonsten ließ sich die alte Dame nicht blicken und Luis glaubte, dass sie es mit Absicht nicht tat.

Immerhin: Sie hatte Besucher, jedenfalls einen, und das war Hammerstiel. Luis hatte gesehen, wie er einmal spätabends aus Mrs. O'Meaghers Hintertür geschlüpft war. Und zweimal, als er abends auf dem Weg zum Kino war, war Luis buchstäblich über Hammerstiel gestolpert, der es offenbar sehr eilig gehabt hatte, die Hochstraße zum Hanchett-Haus hinaufzukommen. Seinen abgetragenen Mantel hatte er fast bis zur Nasenspitze zugeknöpft. Beide Male hatte Hammerstiel Pakete geschleppt, verschiedene kleine Bündel in braunem Packpapier und mit Bindfaden verschnürt. Und in beiden Fällen waren sie zusammengestoßen, weil Hammerstiel sich andauernd umschaute.

Beim zweiten Mal, als sie auf diese Weise zusammengetroffen waren, packte Hammerstiel Luis wieder beim Kragen, wie er es schon einmal getan hatte. Er presste sein stoppeliges Kinn an Luis' Ohr und knurrte: »Du kleines Miststück, du! Du willst wohl unbedingt, dass ich dir die Kehle durchschneide, was?!«

Luis rückte ein Stück von ihm ab, aber er lief nicht fort. Er blickte Hammerstiel gerade ins Gesicht.

»Machen Sie, dass Sie hier wegkommen, Sie verkommene alte Saufdrossel! Und wenn Sie's noch ein einziges Mal probieren, mich anzufassen, wird Ihnen mein Onkel schon die Flötentöne beibringen!«

Hammerstiel lachte, obwohl es eigentlich eher danach klang, als ob er einen Erstickungsanfall hatte. »Ausgerechnet dein Onkel«, spottete er. »Dein Onkel wird schon noch merken, was die Stunde geschlagen hat, schneller als er denkt! Der Weltuntergang ist nahe. Liest du denn nicht die Bibel wie jeder brave Junge? Es hat Zeichen gegeben und es werden noch mehr folgen. Sei bereit!« Und damit stolperte er den Hügel hinauf, sein Paket fest an sich gepresst.

Am nächsten Tag nach dieser höchst seltsamen Begegnung war das Wetter kalt und regnerisch und Luis blieb im Haus. Jonathan war drüben bei Mrs. Zimmermann, um ihr zu helfen, ihren Pflaumenschnaps in Flaschen abzufüllen, und so war Luis ganz allein im Haus. Er beschloss, sich in den hinteren Räumen oben im dritten Stock einmal etwas genauer umzusehen. Die Zimmer im dritten Stock wurden normalerweise nicht benutzt und Jonathan hatte dort überall die Heizung abgestellt, um Geld zu sparen. Aber Luis hatte schon allerlei interessante Dinge dort oben gefunden, darunter einige Kästchen mit Schachfiguren, Türknäufe aus Porzellan und eingebaute Regale, in denen man regelrecht herumklettern konnte.

Luis ging den zugigen Flur entlang, öffnete hin und wieder eine der Türen und schloss sie gleich wieder. Keines der Zimmer schien ihn diesmal sonderlich zu interessieren. Aber doch! Natürlich! Das Zimmer mit dem Harmonium! Er konnte ein bisschen darauf spielen. Das wär doch was!

In einem der unbenutzten ehemaligen Wohnzimmer in der dritten Etage stand ein altes, eingestaubtes Harmonium. Es war eins von den wenigen Möbelstücken, die noch aus der Zeit stammten, in der Isaac Izard in dem Haus gewohnt hatte. Natürlich gab es auch unten ein Harmonium – ein sehr gutes sogar –, aber es war automatisch und spielte meistens nicht so, wie Luis es wollte. Dies hier oben ächzte in allen Fugen und im Winter konnte man kaum einen Ton aus ihm herausbekommen, aber manchmal gelangen einem doch ganz schöne Melodien, wenn man ordentlich den Blasebalg bearbeitete.

Luis öffnete also die Tür.

Das Harmonium warf einen großen Schatten gegen eine der Wände. Luis fand den Lichtschalter und machte Licht. Dann wischte er den Staub von der Sitzfläche und setzte sich. Was sollte er spielen? Vielleicht ›Chopsticks‹ oder ›From a Wigwam‹. Sein Repertoire war ja nicht gerade groß. Luis trat die ausgetretenen Pedale und hörte ein zischendes und puffendes Geräusch tief aus dem Inneren des Instruments. Er griff in die Tasten, aber alles, was er herausbekam, war ein keuchender, röchelnder Ton. Verdammt!

Er lehnte sich zurück und dachte nach. Über den Tasten befand sich eine Reihe von schwarzen Registern mit Aufschriften wie *Vox humana, Salicional* oder *Flöte.* Luis wusste, dass diese Register dazu da waren, den Klang des Harmoniums jeweils zu verändern, aber er hatte sie noch nie betätigt. Diesmal würde er es eben einfach einmal versuchen. Er griff einen dieser schwarzen Regler und zog vorsichtig daran. Er rührte sich nicht. Er ruckelte an dem Register und zog heftiger daran. Plötzlich hatte er das ganze Ding in der Hand.

Luis saß da und starrte fassungslos auf das Holzteil. Zuerst hatte er ein schlechtes Gewissen, weil er das Harmonium kaputtgemacht hatte, aber dann fing er an, sich das Register genauer anzusehen. Das Ende, das im Harmonium gesteckt hatte, war stumpf, glatt und schwarz angestrichen. Es sah nicht so aus, als ob es jemals irgendwo befestigt gewesen war.

›Verdammt schlechte Verarbeitung‹, dachte Luis. ›Mal sehen, ob die alle so sind.‹ Er zog eins von den anderen Registern und es machte *plopp!* Nacheinander zog er sie alle heraus: *Plopp! Plopp! Plopp! Plopp! Plopp! Plopp! Plopp!*

Luis musste lachen. Er ließ die schwarzen Stäbe ein paarmal über die Tasten rollen. Aber dann hörte er plötzlich auf und dachte nach. Er hatte einmal eine Geschichte gelesen, in der ein Auto vorkam, das ein falsches Armaturenbrett hatte. Man konnte es einfach herausnehmen und irgendwelche Dinge dahinter verstecken. Was, wenn bei diesem Harmonium auch …?

Er stand auf und ging hinunter, den ganzen Weg bis zum Kellereingang, wo Jonathan sein Werkzeug aufbewahrte. Er öffnete den Werkzeugkasten und nahm einen Schraubenzieher, einen Hammer und ein verrostetes Buttermesser heraus, das Jonathan dort zum Öffnen von Kisten liegen hatte. Dann lief er so schnell er konnte wieder nach oben.

Jetzt saß er wieder vor dem Harmonium. Er betrachtete prüfend die langen, hölzernen Verkleidungen und sieben runde, schwarze Löcher starrten ihn an. Die Verkleidung war mit vier Schrauben an dem Instrumentenkörper befestigt und die ließen sich leicht herausdrehen. Luis steckte seine Finger in zwei der Löcher und zog kräftig. Die Verkleidung saß noch irgendwo fest. Er überlegte einen Moment, nahm dann das Buttermesser zur Hand und schob es in einen Spalt. Es gab einen quietschenden Ton und eine kleine Staubwolke stieg auf, die Luis in der Nase kitzelte. Er schob das Messer ein Stückchen weiter nach rechts und versuchte es da noch einmal. Wieder ein Quietschgeräusch und die ganze Verkleidung sprang heraus und landete auf der Tastatur. Aha! Nun würde man gleich wissen, was mit dem ganzen Ding los war.

Luis beugte sich über das entstandene Loch in dem Instrument. Es roch stark nach Staub, aber innen drin konnte er nichts erkennen. Mist! Er hatte vergessen, sich eine Taschenlampe mitzunehmen! Also griff er hinein und tastete herum. Sein Arm steckte bis zur Achselhöhle in der Öffnung und tastete noch ein Stückchen weiter. Was war das? Papier? Er hörte ein trockenes, knisterndes Geräusch. Vielleicht war es Geld? Er nahm das ganze Bündel und zog es heraus. Die Enttäuschung war groß: Es handelte sich lediglich um einen Stapel alter Papiere.

Luis saß davor und starrte sie angewidert an. Das also war der verborgene Schatz vom Schloss des alten Isaac Izard! Wirklich ein toller Schatz! Aber vielleicht war ja doch irgendetwas Interessantes dabei, irgendwelche geheimen Formeln vielleicht. Er blätterte weiter in den Papieren herum. Hmm ... hmmmm ... Er blätterte immer weiter. Das Licht im Zimmer war sehr schwach und das alte Papier hatte nahezu die gleiche Farbe angenommen wie die kupferfarbene Tinte, mit der Isaac Izard geschrieben hatte. Er nahm jedenfalls an, dass es Isaac Izards Schrift war, denn auf dem ersten Blatt stand:

WOLKENFORMATIONEN
UND
ANDERE PHÄNOMENE

Beobachtet von diesem Fenster aus

von

ISAAC IZARD

Hatte Mrs. Zimmermann nicht erzählt, dass sie gesehen hätte, wie der alte Isaac sich Notizen über Erscheinungen am Himmel gemacht hatte? Da waren Daten und Eintragungen auf den anderen Blättern zu lesen. Luis las ein paar von ihnen und seine Augen wurden immer größer. Er konnte gar nicht mehr aufhören zu lesen.

Ein Regenschauer schlug gegen das Fenster und Luis sprang auf. Draußen konnte er sehen, wie sich im Westen riesige Massen blauer Wolken auftürmten. Zwischen ihnen verlief ein gezackter roter Lichtstreifen, der Luis wie ein hungriger Schlund vorkam. Während er zusah, öffnete sich dieser Schlund und ein Strahl blutroten Lichtes ergoss sich in das Zimmer. Er fiel auf das Blatt Papier, das er in der Hand hielt und schien es gleichsam zu erleuchten. Auf der Seite standen hingekritzelt die Worte:

> *Der Jüngste Tag ist noch immer nicht gekommen! Ich werde ihn herbeiziehen durch einen Himmelstrick oder mit einer* UHR, *die die ganze Welt mit einem Schlage vernichten wird.*

Luis hatte plötzlich entsetzliche Angst. Er sammelte die Papiere ein und wollte gerade aufstehen, als er ein Geräusch hörte. Es war kaum wahrnehmbar, aber irgendetwas schien tief unten im Gehäuse des Harmoniums leise umherzuflattern. Luis stolperte zurück. Dabei fiel er über die Bank, die Papiere glitten ihm aus der Hand und zerstreuten sich über den ganzen Fußboden. Was sollte er tun? Um sein Leben rennen oder die Papiere retten? Er biss die Zähne zusammen und kniete nieder. Während er die einzelnen Blätter wieder zusammenraffte, murmelte er immer wieder vor sich hin: *»Quia tu es Deus fortitudo mea … quia tu es Deus fortitudo mea …«*

Dann hatte er endlich alle Papiere aufgesammelt. Er wollte gerade wie ein geölter Blitz zur Tür laufen, als er sah, wie etwas aus dem dunklen Inneren des Harmoniums herausschwebte – eine Motte. Eine Motte mit silbergrauen Flügeln. Sie leuchteten wie Blätter im Mondlicht.

Luis rannte zur Tür. Er rüttelte am Türknauf, aber er bekam sie nicht auf. Jetzt konnte er die Motte schon an seinem Haar fühlen. Luis erstarrte, sein Gesicht lief rot an. Er fürchtete sich jetzt nicht mehr. Er war nur wütend, sehr wütend sogar.

Er zerquetschte die Motte und trat noch mit dem Fuß darauf. Luis spürte plötzlich, wie sich in seinen Haaren eine unerträgliche Klebrigkeit ausbreitete und die ganze Angst war mit einem Schlage wieder da. Er wischte sich hastig seine Hände an der Hose ab, aber dann war er auch schon unten im Flur und schrie: »Onkel Jonathan! Mrs. Zimmermann! Kommt schnell! Ich habe etwas gefunden! Onkel Jonathan!«

Kurz darauf saßen Jonathan, Luis und Mrs. Zimmermann alle um Mrs. Zimmermanns Küchentisch herum und tranken Kakao. Die staubigen Papiere lagen auf dem Tisch auf einem Haufen. »Aber nicht doch, Luis. Ich hab dir doch schon einmal gesagt, das hat nichts zu bedeuten. Der alte Isaac war total verrückt, ein alter

Spinner. Dieser Kram hier hat nichts zu tun mit der Tickerei in den Wänden. Und wenn es so wäre, würde es uns auch nicht weiterbringen. Es kann uns höchstens Angst machen.«

»Ich meine, das war haargenau der Grund, weshalb Isaac die Papiere dort liegengelassen hat, meinst du nicht auch, Jonathan? Er wollte uns zu Tode erschrecken, nehme ich an.«

Das war Mrs. Zimmermann. Sie stand am Herd, kehrte Luis den Rücken zu und war dabei, mit dramatischer Gestik im Kakao herumzurühren.

»Natürlich, ich glaube auch, dass das seine Absicht war, Florence«, sagte Jonathan und nickte. »Noch so ein letzter Streich für die Hinterbliebenen oder so was in der Art.«

Luis blickte ständig vom einen zum anderen. Er wusste ganz genau, dass sie die ganze Angelegenheit nur verharmlosen wollten. Aber was sollte er dazu sagen? Dann würde ja doch nur eins zum anderen kommen und über kurz oder lang würde er erzählen müssen, was in der Halloween-Nacht geschehen war. Seltsam, wenn man etwas zu verbergen hat, bildet man sich plötzlich ein, dass alle anderen unheimlichen Erscheinungen irgendetwas mit dem eigenen Geheimnis zu tun haben müssten. Es war unmöglich für Luis, die beiden anderen zur Rede zu stellen, ohne dass er sein eigenes Geheimnis hätte preisgeben müssen.

In derselben Nacht lag Luis noch lange wach in seinem Bett und lauschte, wie Jonathan und Mrs. Zimmermann unten miteinander sprachen. Sie waren im Arbeitszimmer und wie immer drangen ihre Stimmen durch die Lüftungsklappe nach oben. Aber wie üblich konnte er nicht genau verstehen, was sie sprachen. Er stieg aus dem Bett und kroch hinüber zu dem hölzernen Gitter der Lüftungsklappe auf dem

Fußboden. Ein Hauch warmer Luft schlug ihm sanft entgegen. Er lauschte, aber nicht einmal jetzt konnte er genug verstehen. Da gab es nur eins: Er musste den Geheimgang benutzen.

Luis zog seinen Bademantel an und lief auf Zehenspitzen die Treppe hinunter. Die Küche war dunkel. Also gut. Langsam und ganz behutsam räumte er das ganze Geschirr aus dem Regal. Dann berührte er den verborgenen Federmechanismus und das ganze Regal schwang nach außen. Luis stieg hinein.

Diesmal hatte Luis daran gedacht, sich eine Taschenlampe mitzunehmen. Nicht, dass er sie unbedingt gebraucht hätte. Der Weg war nicht lang und durch etliche Ritzen in dem mit Spinnenweben übersäten Gang drang Licht ein. Es dauerte gar nicht lange, da stand er schon hinter den Bücherregalen, die die eine Wand von Jonathans Arbeitszimmer bildeten. Er blinzelte durch einen Spalt zwischen den Borden und dort, hinter den Büchern saßen auch Jonathan und Mrs. Zimmermann. Mrs. Zimmermann hatte sich gerade ein Streichholz aus der Luft gezaubert und war dabei, sich damit eine lange, gedrehte Zigarre anzuzünden. Sie stieß den Rauch aus beiden Mundwinkeln hervor.

»So, jetzt wissen wir also Bescheid«, sagte sie.

»Ja, jetzt wissen wir also Bescheid.« Jonathans Stimme kam aus der Tiefe seines Ledersessels, in dem er zusammengekuschelt saß. Alles, was Luis von ihm erkennen konnte, war ein Arm, der in einem blauen Hemdärmel steckte, und die behaarten Knöchel, die die Sessellehne umspannten.

»Die Frage ist nur«, fuhr Jonathan fort, »ob wir irgendetwas dagegen tun können.«

Mrs. Zimmermann begann auf und ab zu gehen, wobei der Zigarrenrauch hinter ihr herwehte. Mit dem großen Purpurstein an ihrem Ring schabte sie an der ganzen Breite des Bücherregals entlang. »Was tun?«, sagte sie. »Was tun? Wir werden sie bekämpfen, was denn sonst?!«

Von Jonathans Seite kam ein heiseres Lachen, was Luis ein äußerst unbehagliches Gefühl gab.

»Das ist leichter gesagt als getan, Florence. Du weißt ja selbst, dass die beiden stärker sind als wir. Wir betreiben die Zauberei nur zu unserem Spaß und Vergnügen, aber die haben ihr ihr ganzes Leben gewidmet. Und was sie betrifft: Sie kann wahrscheinlich sagen, dass sie sogar dafür gestorben ist.«

»Aber was hätten sie für einen Grund, das zu tun, was sie vorhaben?«, fragte Mrs. Zimmermann. »Warum? Diese wunderschöne Welt! Wozu sie zerstören? Wozu?«

Jonathan dachte eine Minute nach. »Tja, Florence, es fällt mir zwar schwer, mich in den Gedankengang eines Isaac Izard hineinzuversetzen, aber ich würde sagen, es war ein rein wissenschaftliches Interesse. Denk doch mal an all das, was über den Jüngsten Tag geschrieben worden ist: Die Gräber werden sich von alleine auftun und die Toten werden in alter Frische wiederauferstehen. Es gibt Leute, die meinen, es würde eine völlig neue Welt erstehen, viel vollkommener als die jetzige. Hättest du nicht auch Lust, das mitzuerleben? Und außerdem fällt mir noch etwas anderes ein. Isaac und Selenna Izard schienen an dieser Welt nicht sonderlich viel Freude gehabt zu haben. Warum sollten sie sich dann nicht eine neue Welt wünschen?«

Jonathan zog an seiner Wasserpfeife und für einen Moment herrschte Stille im Haus.

»Und die Uhr«, sagte Mrs. Zimmermann. »Das muss ich dir lassen, da hast du hundertprozentig Recht. Es gibt also doch eine wirkliche, echte Uhr in einer dieser Wände. Er nennt es eine ›mechanische Erfindung‹, aber es muss sich tatsächlich um eine Uhr handeln. Leider hat er natürlich nicht die Freundlichkeit besessen, uns auch zu sagen, wo sie versteckt ist, trotzdem scheint mir, dass er sonst praktisch alles aufgeschrieben hat. Er gibt sogar Hinweise darauf, wo er den Schlüssel versteckt hat. Aber das nützt uns jetzt schließlich auch nicht mehr viel.«

Sie brach ihre Zigarre in der Mitte durch und warf sie ins Feuer.

»Aber eins möchte ich doch gerne noch wissen«, sagte sie, indem sie sich plötzlich zu Jonathan umdrehte. »Warum brauchte er ausgerechnet eine Uhr, um den Weltuntergang herbeizuführen?«

Luis schnappte nach Luft und schlug die Hände vors Gesicht. Also war der Weltuntergang wirklich nahe!

»Weil er den rechten Zeitpunkt verpasst hat«, antwortete Jonathan, »den Augenblick, auf den er all die Jahre gewartet hatte. Der alte Isaac hat regelrechte Untersuchungen angestellt. Deshalb auch alle diese verrückten Eintragungen über Schäfchenwolken, Wolkenformationen für das Jüngste Gericht und Wolken, die aussehen wie Triumphwagen und Trompeten und unheilverkündende Gesichter. Das war es, was er suchte, das Schrecken verkündende Gesicht. Eine Himmelsformation, die genau zu seinen Zauberformeln passte. Himmelsmagie ist eine uralte Geschichte, wie du weißt. Schon die alten Römer …«

»Ja, ja, schon gut!«, unterbrach ihn Mrs. Zimmermann ungeduldig. »Ich weiß alles über Himmels-und-Vogel-Prophezeiungen. Wer hat denn hier schließlich den Doktor der Magie mit Auszeichnung? Na also. Es kommt also der richtige Himmel für den morschen alten Tintenfuchs. Schön. Großartig! Und warum, zum Kuckuck, hebt er dann nicht einfach die Hand und macht Eintopf aus uns?«

»Weil gerade zu dem Zeitpunkt, als er sicher war, dass der Himmel die richtige Formation hatte, sich die Wolken wieder verschoben haben. Schließlich ändern sich Wolken oft von einer Sekunde zur anderen. Oder vielleicht hatte er am Ende einfach nicht den Mut dazu. Es klingt zwar albern, aber ich habe immer noch die Hoffnung, dass es das war, was ihn davon abgehalten hat.«

»Ausgerechnet der und Gewissensbisse? Isaac Izard? Der hatte doch keine Skrupel, Jonathan. Der hätte seiner leiblichen Mutter alle Zähne einzeln rausgezogen, wenn er sie für seine finsteren Machenschaften hätte gebrauchen können.«

Jonathan seufzte. »Vielleicht hast du ja Recht. Ich weiß ja auch nicht. Aber entscheidend ist, dass er die Gelegenheit verpasst hat. Deshalb hat er auch die Uhr eingebaut. Um die Zeit zurückzuholen. Genau die Zeit, als alles in der richtigen Position und in Ordnung war. Das ist es auch, was er meint, wenn er davon spricht, dass er ein Mittel gefunden hätte, um die Zeit zurückzugewinnen. Wahrlich ein Gewinn! Er wollte uns alle in die Luft jagen!«

Mrs. Zimmermann nahm ihren Weg durchs Zimmer wieder auf. »Also gut«, sagte sie. »Also gut! Deshalb hat er die Uhr gebaut. Aber warum hat er sie dann nicht einfach gleich aufgezogen?«

»Das konnte er nicht. Jedenfalls nicht ganz. Hast du denn die Stelle nicht gelesen?« Jonathan stand auf und ging hinüber zum Büchertisch, wo die Papiere lagen. Er nahm sie in die Hand und blätterte so lange darin herum, bis er die Seite gefunden hatte, die er suchte.

»Ah, hier haben wir's ja: ›Aber als ich die Mechanik festgestellt hatte, musste ich einsehen, dass ich nicht über das Wissen verfügte, sie vollständig aufzuziehen. Ich habe es versucht, aber ich bin zu dem Schluss gekommen, dass nur jemand, der über größere Kräfte verfügt als ich, in der Lage sein wird, sie endgültig einzuregulieren. Verflucht sei der Tag, an dem sie mich verließ! Verflucht der Tag, an dem sie von mir ging! *Sie* hätte es vermocht.‹«

Jonathan sah auf. »In diesem letzten Satz ist das Wort ›sie‹ viermal unterstrichen. Und ›sie‹ – das ist natürlich unsere liebe Freundin von gegenüber.«

Luis schloss die Augen. Also war Mrs. O'Meagher in Wirklichkeit Mrs. Izard! Natürlich hatte er es auch schon vermutet, aber er war sich nicht ganz sicher gewesen. Mrs. Izard! Und er hatte sie auch noch befreit! Er kam sich vor wie der dümmste und einfältigste Mensch auf der ganzen Welt.

»Ah, so«, sagte Mrs. Zimmermann und lächelte dünn. »Nun, wir werden ja sehen, wer am Ende der Stärkere sein wird. Aber bitte, verrate mir noch eins, oh, du mein Zwerg Allwissend, da es ja so aussieht, als hättest du die Rolle des Deuters und Kommentators für das Testament des Isaac Izard übernommen.«

»Tatsächlich?! Was willst du denn wissen, Florence?«

»Nun, er behauptet, dass die Uhr nicht vollständig aufgezogen sei. Aber immerhin hat sie schon seit Jahren tickende Geräusche von sich gegeben. Ein rätselhaftes Ticken wohlgemerkt, das scheinbar hinter allen Wänden dieses Hauses zu hören ist. Ich kann mir einfach nicht vorstellen, dass sich die Uhr mit ihrer Tickerei nur so die Zeit vertreibt, und das so lange, bis das alte Tantchen Izard endlich mit dem richtigen Schlüssel angewackelt kommt. *Was für eine Aufgabe hat die Uhr in der Zwischenzeit?*«

Jonathan zuckte die Achseln. »Frag mich nicht, Florence. Vielleicht soll sie versuchen, das Haus in die Vergangenheit zurückzubringen, auch ohne diese ›endgültige Einjustierung‹. Vielleicht hat er sie aber auch nur deshalb eingebaut, damit die Tickerei jeden gleich wieder vertreibt, der blöd genug ist, hierher zu kommen und in diesem Haus wohnen zu wollen. Auf jeden Fall wollte Isaac verhindern, dass die Uhr vielleicht durch Zufall gefunden und zerstört werden könnte. Ich weiß auch nicht, weshalb die Uhr tickt, Florence. Aber eins weiß ich sicher: Wenn diese Mrs. Izard, oder wie immer man das bezeichnen soll, was da drüben wohnt, den Schlüssel in das Schloss der Uhr steckt und so das Werk vollendet, das Isaac begonnen hat, dann wird auch – auf die Sekunde genau – der alte Isaac wieder da sein. Du und ich und Luis, wir werden dann Gespenster sein, wenn nicht noch Schlimmeres, und er wird in seinem Turmzimmer sitzen und Macht über uns alle haben. Und der Weltuntergang würde nicht mehr lange auf sich warten lassen.«

Luis presste beide Hände vor den Mund. Am ganzen Leibe zitternd, fiel er schluchzend auf die Knie. Für einen Augenblick war er nahe daran, zu schreien: »Hier bin ich! Holt mich hier raus!«, damit sie kommen und ihn lebenslänglich ins Schwererziehbarenheim stecken konnten. Aber er schrie nicht. Er presste seine Hände noch fester an den Mund und erstickte Tränenausbrüche erschütterten seinen ganzen Körper. Er weinte lange und als er fertig war, blieb er einfach sitzen und starrte abwesend gegen die dunkle Wand am Ende des Ganges.

Mrs. Zimmermann und Jonathan gingen aus dem Zimmer. Das Feuer brannte herunter, aber Luis saß noch immer am selben Fleck. Im Mund spürte er den Geschmack von Ammoniak und die Augen brannten ihm wie Feuer. Er nahm sein Taschentuch aus der Bademanteltasche und schnaubte sich erst mal die Nase. Wo war denn nun bloß die Taschenlampe abgeblieben? Ah ja, da lag sie. Er knipste sie an.

Luis stand langsam auf und tastete sich den Weg zurück zum Eingang. Obwohl er aufrecht ging, hatte er immer das Gefühl, er müsste jeden Augenblick in Ohnmacht fallen. Dann hatte seine Hand endlich die splittrige Rückseite des Geschirrschranks erreicht. Er berührte den Mechanismus und das Regal schwang geräuschlos nach außen. Luis hatte fast schon damit gerechnet, dass Mrs. Zimmermann und Jonathan dort bereits mit gekreuzten Armen auf ihn warten würden. Aber die Küche war leer und dunkel.

Er ging hinauf in sein Zimmer. Er fühlte sich, als ob er drei Nächte hintereinander nicht geschlafen hätte. Ohne seinen Bademantel auszuziehen, warf er sich auf das zerwühlte Bett. Die Gedanken verschwammen ihm in ein einziges Dunkel und er fiel in einen totenähnlichen, traumlosen Schlaf.

IX. KAPITEL

Der nächste Tag war ein Samstag und Luis erwachte mit einem Gefühl unbeschreiblicher Angst. Er fühlte sich ungefähr wie ein Schnellkochtopf, bei dem der Deckel fest aufsaß und das Abzugsloch für den Dampf mit Kaugummi verklebt war. Einzelne Gedanken brodelten und siedeten immer wieder an die Oberfläche seines Bewusstseins, aber nicht einer davon schien irgendeinen Sinn zu ergeben. Was sollte er nur tun? Was *konnte* er tun?

Luis setzte sich auf und sah sich im Zimmer um. Auf dem splittrigen fleckigen Fußboden waren zwei lange Streifen von Sonnenlicht zu sehen. Gegenüber, am Kamin, stand ein großer Spiegel mit hölzernen Verzierungen, die zu denen über Luis' Bett genau passten. Vor dem Spiegel lag ein schöner bestickter Teppich, von dem Jonathan immer behauptete, Mrs. Zimmermanns Großmutter hätte ihn noch höchstselbst geknüpft. Das Muster auf dem Teppich nannte sich ›Herbstlaub‹ und bestand aus lauter mit Langetten umstickten Blättern in leuchtendem Gold und tiefem Blutrot, wozu vereinzelt dazwischengestreute Grüntöne den Kontrast bildeten. Es sah aus, als ob der Teppich vor dem Spiegel ein richtiger Teich war, auf dem die Blätter im Sonnenlicht trieben. Das war natürlich nur eine Täuschung, denn es war kein Zauberteppich. Aber Luis fand es schön, wenn er allmorgendlich beim Anziehen darauf stehen konnte. Er fühlte sich dann nahezu allem Irdischen entrückt, wenn auch nur für eine kleine Weile.

Er stand auch jetzt darauf, während er sich seine Hose anzog und das Hemd hineinstopfte. Der Glanz, der von den Blättern ausging, schien ihn gleichsam emporzuheben. Alles erschien ihm jetzt viel klarer. Er musste sehen, dass er Tarby erwischte. Tarby würde bestimmt wissen, was zu tun war. Es war zwar richtig, dass er Luis in letzter Zeit offensichtlich geschnitten hatte, aber trotzdem waren sie sich deshalb noch lange nicht spinnefeind. Und außerdem, schließlich steckte Tarby mindestens genauso tief in der Sache mit drin wie er selber. *Er* war es schließlich gewesen, der die Taschenlampe gehalten hatte, als er, Luis, den magischen Kreis gezogen und den Namen Selenna hineingeschrieben hatte. Das war Mrs. Izards Vorname gewesen, dachte Luis: Sie muss ihn mir eingegeben haben. Dann war sie also hinter diesen eisernen Toren doch eigentlich nie richtig tot gewesen ...

Luis biss sich auf die Lippen, um nicht weiter nachdenken zu müssen. Er ging hinunter, aß allein sein Frühstück und machte, dass er zur Tür hinauskam. Tarby wohnte mit seinen neun Geschwistern in einem riesigen Fachwerkhaus fast am anderen Ende der Stadt. Luis war dort nie eingeladen gewesen und er wusste nicht einmal die Vornamen von Tarbys Eltern, geschweige denn den Namen von nur einem seiner vielen Geschwister. Er wusste, dass Mr. Corrigan – so hieß Tarbys Vater mit Nachnamen – einen Eisenwarenladen hatte. Aber das war auch schon so ziemlich alles, was er zusammenbrachte.

Es war ein heller, windiger Apriltag und der Himmel war voller kleiner weißer Wolken, die abwechselnd aufeinander zu und wieder auseinander trieben. Vögel flogen durch die Luft und die Wiesen zeigten ihr erstes fahles, feuchtes Grün. Als Luis vor dem Haus der Corrigans angelangt war, traf er auf eine Horde von kleinen Kindern, die im Hof spielten. Er war völlig aufgeweicht und voller Schlammlöcher. Eins von den kleinsten Kindern, das übrigens große Ähnlichkeit mit Tarby hatte, saß auf dem Ast eines abgestorbenen Baumes, an den überall rotleuchtende Katzenaugen genagelt waren. Andere wieder bauten Burgen aus Eierpampe und schlugen sich gegenseitig ihre Schippen über den Kopf, probierten kaputte Dreiräder aus oder saßen einfach nur da und brüllten zum Steinerweichen. Luis bahnte sich einen Weg vorbei an Spielzeugautos und Fahrradschläuchen, die wild verstreut vor dem Hauseingang lagen. Er zog an der Türglocke und wartete.

Nach einer Weile kam eine recht korpulente, müde wirkende Frau an die Tür. Sie hatte ein Baby auf dem Arm, das ihr dauernd mit einer Flasche auf die Schulter schlug, wobei es die Flasche am Gummisauger festhielt.

»Ja?« Sie klang nicht gerade begeistert – kein Wunder.

»Äh … Mrs. … äh … Corrigan? Ich wollte nur wissen, ob Sie mir vielleicht sagen könnten, wo Tarby ist?«

»Tarby? Oh, das würde mich sehr wundern, wenn der zu Hause wäre. Ich will mal nachsehen.«

Sie warf den Kopf zurück und brüllte »Taaaarbiiiee!«. Keine Antwort, obwohl es ohnehin fast unmöglich gewesen wäre, bei dem Lärm irgendjemanden herauszuhören.

»Nein, ich glaube kaum, dass er da ist«, sagte sie. Sie

lächelte müde, aber freundlich. »Möglich, dass er draußen mit den anderen Ball spielt.«

Luis bedankte sich und wollte gerade wieder gehen, als sie fragte: »Sag mal, bist du nicht der Junge von den Barnavelts?« Luis bejahte. Sie warf ihm einen flehenden Blick zu: »Ach bitte, erzähl dem Tarby doch nicht mehr solche Geschichten von Gespenstern und Friedhöfen und so. Nach Halloween hat er eine ganze Woche lang Albträume gehabt, weißt du. Es war ja sehr nett von deinem Onkel, ihn zu einer Apfelsaft- und Pfannkuchenparty mit einzuladen und dass er auch über Nacht bleiben durfte, aber diese Geschichten … na ja, du weißt ja selber, wie sensibel er ist.«

Auf irgendeine Weise gelang es Luis, ein ernstes Gesicht zu bewahren. »Hm … aber … natürlich … geht in Ordnung, Mrs. Corrigan, ich werd ihm keine Gruselgeschichten mehr erzählen. Wiedersehn!«

Als er den Weg wieder zurückmarschierte, wobei er immer Gefahr lief, auf irgendwelches Spielzeug zu treten und auch ein oder zwei Modderkugeln ausweichen musste, die nach ihm geworfen wurden, hatte Luis denkbar viel Mühe, sich das Lachen zu verbeißen. Das also war Tarbys Version dessen, was in der Halloween-Nacht geschehen war! Soso! Und wo war Tarby für den Rest der Nacht gewesen? Hatte er zitternd vor Angst auf der hinteren Veranda gehockt? Oder auf einem Baum geschlafen? Und dann: eine ganze Woche lang Albträume! Aber natürlich hatte er ja *über*haupt keine Angst gehabt. War ja auch schließlich *alles* NUR der Mond gewesen! Das Gelächter in Luis' Innerem verwandelte sich in ein trockenes Grinsen.

Luis blieb an einem Kilometerstein stehen, um sich einen Schnürsenkel wieder zuzubinden. Was sollte er aber jetzt anfangen? Hm, es gab nur zwei richtige Baseballfelder in New Zebeedee. Das eine lag draußen hinter der Schule und das andere auf dem großen Sportplatz. Er tippte auf das hinter der Schule.

Als er dort ankam, sah er auch schon Tarby, der mit einem Haufen anderer Kinder Ball spielte. Gerade war er dabei zu werfen und etliche andere Jungs brüllten: »Los, Tar-biie! Gib's ihm!« und: »Gib denen einen Superflachen rein!« oder einige andere, die im Feld waren: »Verdammt! Der muss ja Arme aus Gummi haben!«

Tarby bewegte sich wie eine Windmühle, täuschte ein paar Mal (was ja erlaubt war, denn sie spielten ja Softball und nicht richtig Baseball) und dann, wenn er den Abschläger so weit gebracht hatte, dass er nur noch kleine, nervöse Bewegungen machen konnte, warf er den Ball mit voller Wucht in Richtung Abschlag. Der Schläger holte so weit aus, dass er prompt hinfiel.

»Dreimal nix! Du bist au-haus!«, kreischte der Junge, der den Schiedsrichter machte.

Luis, der an der Seitenlinie stand, bildete mit beiden Händen einen Trichter vor dem Mund und rief: »Du, Tarby, kann ich mal mit dir sprechen?«

»Jetzt nicht, Dicker. Bin mitten im Spiel!«

Luis' Augen füllten sich mit Tränen. Tarby hatte noch nie ›Dicker‹ zu ihm gesagt. Wenigstens konnte er sich nicht daran erinnern. Luis schluckte die Tränen hinunter und wartete geduldig, bis Tarby den nächsten Schläger mit drei kolossalen Schmetterwürfen erledigt hatte. Das war das dritte Aus und somit wurde Tarbys Mannschaft Schlagpartei. Achtlos warf Tarby seinen Handschuh auf den Boden und fragte:

»Hallo, Luis! Was gipsn?«

»Mein Onkel Jonathan steckt ganz fürchterlich in der Klemme. Wir alle sind in höchster Gefahr. Weißt du noch, die Nacht, als wir auf dem Friedhof waren?«

Zu Luis' größtem Erstaunen packte Tarby ihn am Kragen und riss ihn so dicht an sich heran, dass ihre Gesichter sich fast berührten.

»Ein für alle Mal: Wenn die jemals herauskriegen sollten, dass du in dieser Nacht da oben gewesen bist, dann sag ihnen, dass du allein da warst. Wenn nicht, brech ich dir alle Knochen einzeln.«

Luis versuchte, sich aus Tarbys Griff zu befreien, aber es gelang ihm nicht. Er fühlte, wie ihm das Blut ins Gesicht schoss, als er schrie: »Tarby, was ich dir sagen wollte, ist tausendmal schlimmer als diese Halloween-Geschichte. Wir haben es mit Geistern und Hexen und Teufeln zu tun, und … *lass mich doch endlich mal los, du Tortenkopf!*«

Tarby ließ Luis los. Er starrte ihn mit weit aufgerissenen Augen an. ›Tortenkopf‹ war einfach nur so ein Name, den Luis gerade in einem Comic gelesen hatte. Es bedeutete im Grunde eigentlich gar nichts.

Tarbys Lippen wurden schmal. »Was hast du eben zu mir gesagt?«

Einige von den anderen Jungen fingen bereits an zu schreien: »Los, mach ihn zur Minna! Gib's ihm!«, obwohl sie sich nicht allzu viel von einer solchen Prügelei versprachen, denn schließlich handelte es sich ja nur um Luis.

Luis stand da mit hochrotem Kopf und hatte große Angst.

»Ich … ich weiß nicht mehr, was ich gesagt hab.«

»Na, dann merk's dir fürs nächste Mal!« Tarby hob die Faust und ließ sie mit Wucht auf Luis' Schulter hinabsausen. Es tat verdammt weh.

»Komm, hör auf, Tarby«, rief ein großer Junge, der Carl Holabaugh hieß. »Verplemper doch deine Zeit nicht mit dem Nilpferd da. Deinetwegen sind wir jetzt am Schlag und bloß deswegen sind wir jetzt sechs

Läufe im Rückstand. Jetzt komm endlich und bring das wieder in Ordnung.«

Tarby ging wieder zurück zum Spielfeld und Luis stolperte davon, die Straße hinunter, und rieb sich seine Schulter. Er weinte.

Er ließ den Tränen einfach freien Lauf und machte sich auf den Rückweg, lief durch die ganze Stadt, an Häuserreihen vorbei, die ihn ausdruckslos anstarrten. Die konnten ihm schließlich auch nicht helfen. Er lief die Hauptstraße hinunter und blieb eine Weile vor dem Bürgerkriegsdenkmal stehen. Aber auch die Steinsoldaten mit ihren aufgepflanzten Bajonetten und Kanonenstopfern blieben stumm. Er ging zum anderen Ende der Hauptstraße und betrachtete den Springbrunnen, der kristallklare Wasserstrahlen in Form eines Weidenbaumes aus kreisförmig angeordneten Marmorsäulen hervorsprudelte. Nachts war der Brunnen erleuchtet und die Farben wechselten von Rot zu Orange, von Orange zu Gelb, von Gelb zu Blau, von Blau zu Grün und von Grün wieder zu Rot. Aber jetzt war das Wasser farblos klar. Luis wünschte, dass es in seinem Kopf genauso klar ausgesehen hätte, aber das war ganz und gar nicht der Fall.

Er ging drei- oder viermal um den Brunnen herum und dann überquerte er die Straße und machte sich auf den Weg zur Bundesstraße 9, die da anfing, wo die Hauptstraße aufhörte und hinaus aus der Stadt führte. Als er an dem viereckigen Blechschild angekommen war, das das Ortsende anzeigte, ließ er sich einfach ins hohe Gras fallen und beobachtete die herumkriechenden Ameisen oder lauschte den vorbeibrausenden Autos. Die Tränen waren jetzt getrocknet. Er hatte sich ausgeweint. Dabei fiel ihm auf, dass er in letzter Zeit eigentlich eine ganze Menge Tränen vergossen hatte. Aber damit änderte er ja schließlich auch nichts. Vielleicht half es, wenn er es mit Nachdenken versuchen würde, aber sicher war er sich nicht. Er saß da und versuchte einen klaren Gedanken zu fassen.

Es war schon spät am Nachmittag, als Luis aufstand. Er wäre fast vornüber gefallen, denn sein linkes Bein war ihm eingeschlafen. Nachdem er ein paarmal kräftig im Gras mit dem Fuß aufgestampft hatte, um den Kreislauf wieder in Gang zu bringen, machte er sich auf den Heimweg. In seinem Kopf klang das alte Kirchenlied, das ging:

Einmal kommt für alle Welt
Die Frage auf, wie sie es hält:
Für Böse oder Gut zu sein
Im Kampf von Wahrheit und von Schein

Er bildete sich ein, dass er eine Kavallerie-Brigade anführte; und wenn er einen von Jonathans Spazierstöcken dabeigehabt hätte, hätte er jetzt damit herumgefuchtelt wie mit einem Schwert. Manchmal blieb er stehen und spürte, wie ihm eine Gänsehaut den Rücken hinunterlief. Er kam sich zwar sehr stolz und tapfer vor, hatte andererseits aber große Angst.

In dieser Nacht, als alle anderen schon längst schliefen, kroch Luis aus seinem Bett und lief auf Zehenspitzen die Vordertreppe hinunter. Im Hause war es ganz still, sehr still sogar, denn es war eine von den Nächten, in denen Jonathan alle Uhren abgestellt hatte – bis auf eine … jene, die er nicht abstellen konnte. Draußen im Vorderflur schien der Garderobenspiegel mit kurzen Unterbrechungen Selbstgespräche zu führen. Hin und wieder gab er an seinen Ecken Leuchtzeichen von sich, vielleicht, um Luis zu warnen? Der jedoch achtete nicht darauf. Er hatte seinen Entschluss gefasst. Schließlich war er es gewesen, der die ganze entsetzliche Geschichte erst in Gang gebracht hatte und deshalb würde er jetzt auch versuchen, alles wieder in Ordnung zu bringen.

Seine Hand blieb für einen Moment auf dem Rand des Schirmständers mit dem chinesischen Weidenmuster liegen. Er tastete zwischen den verschiedenen Spazierstöcken herum und brachte sie ganz schön durcheinander. Aha, hier war der richtige! Seine Hand schloss sich fest um den schwarzen Holzstock – aber, huch, was war das? Der Zauberstock fühlte sich an wie ein lebendiger menschlicher Arm! Man konnte sogar den Pulsschlag spüren. Luis stand da und betrachtete den Zauberstock genauer. Der Kugelknauf leuchtete schwach. In dem hellgrauen Licht sah Luis Schneeflocken umherwirbeln und dahinter, etwas verschwommen, aber doch wahrnehmbar, war ein eigenartiges, kleines Schloss zu erkennen. Das magische Licht warf einen fahlen Schein gegen die Tapete an der Wand. Würde er ihm gehorchen, dieser Zauberstab? Ihm fiel plötzlich ein, dass Jonathan unter Umständen immer untertrieben haben könnte, wenn er sich als Hobby-Zauberer bezeichnet hatte.

Luis biss die Zähne zusammen und führte die Hand, die immer noch von dem Schock der ersten Berührung zitterte, mutig zu dem Holzstock und zog ihn heraus. Der Kugelknauf zischte und knisterte und verfärbte sich rosarot und schließlich wieder hellgrau. Dann öffnete Luis die Haustür. Eine feuchte, frische Brise wehte ihm entgegen und schlug die Tür leicht gegen die Wand. Die Blätter der Kastanie wehten leicht hin und her und weiße Blütenblätter schneiten herab. Er blickte hinüber auf die andere Straßenseite. Trotz der verwucherten Hecke konnte er erkennen, dass dort drüben Licht brannte. Er murmelte noch schnell ein Gebet, dann stieg er die Steinstufen hinunter.

Als er die Mitte der Straße erreicht hatte, wäre er am liebsten wieder umgekehrt und zurückgelaufen, aber irgendetwas in ihm veranlasste ihn weiterzugehen. Als er dann erst einmal die andere Straßenseite erreicht hatte, wurde ihm leichter ums Herz. Es war jetzt, als liefe man einen Hügel hinunter und hätte auch noch den Wind im Rücken. Die Hecke teilte sich bei dem gepflasterten Weg, der zur Vordertreppe führte. Luis ging unter den wildwuchernden Zweigen hindurch und dann stand er auch schon vor der untersten Treppenstufe.

Das Hanchett-Haus hatte eine altmodische Doppeltür aus schwarzem Holz mit zwei nachträglich eingesetzten Milchglasscheiben. Die Scheiben hatten Luis immer an die Zehn Gebote erinnert und jetzt dachte er: ›Du sollst nicht begehren deines nächsten Haus.‹ Aber einer der Türflügel stand offen. Wurde er etwa erwartet? Das Herz schlug ihm bis zum Halse, aber dennoch – er ging hinauf.

Gleich am Eingang blieb er unter der Flurlampe stehen: Der Korridor war leer, völlig leer. Keine Möbel, keine Stühle, keine Kommoden oder kleinen Tischchen. Nicht einmal ein Regenschirm, der sich gegen die Wand lehnte. Auf der verblichenen rosa Tapete konnte Luis dunkle Vierecke erkennen, die offenbar die ursprüngliche Farbe der ganzen Tapete hatten. Als die Hanchetts noch dort gewohnt hatten, hatten dort Bilder gehangen, aber nun waren die Bilder nicht mehr da und Mrs. O'Meagher hatte keine neuen aufgehängt.

Leise betrat Luis den breiten Gang, der zum Wohnzimmer führte. Es war niemand da. Nur ein paar Möbelstücke standen herum, ein paar wacklige Stühle mit gebogenen Beinen und eine Couch, von der man schon beim bloßen Hinsehen wusste, wie unbequem sie war.

Ein niedriger Ziertisch mit zwei briefmarkengroßen Porzellanaschern darauf, die eine einzige Rauchwolke aus Jonathans klobiger Pfeife in tausend Scherben verwandelt hätte. Luis ging von einem Stuhl zum anderen, strich über die polierten Armlehnen und die weich gepolsterten Rückenlehnen. Es hätte ihn gar nicht gewundert, wenn sich die Möbel bei seiner Berührung in Luft aufgelöst hätten wie Seifenblasen. Aber offenbar war doch alles echt. Der Fußboden war so blank gebohnert, dass man sich darin spiegeln konnte. An einer Wand befand sich ein Kamin aus Backsteinen. Er war ganz und gar in leuchtendem Rosa angestrichen – sogar von innen. Rußflecke waren auch nicht zu sehen. Offenbar hatte die alte Hexe etwas gegen Feuer. Zwei Birkenscheite lagen ordentlich übereinandergelegt auf dem glänzenden Kaminbock aus Kupfer.

Auf dem Kaminsims entdeckte Luis zu seiner Überraschung eine Art Spielzeug, wie eine Weihnachtspyramide, mit Engeln aus Metall. Wenn man die Kerzen in der Mitte anzündete, begannen sich die Engel durch die heiße Luft zu drehen und auf ihren Trompeten zu blasen. Luis griff hinauf und berührte das kleine Rädchen. Es gab einen quietschenden Ton von sich und drehte sich schwankend. Das Geräusch hatte Luis so sehr erschreckt, dass er sich umwandte und schützend den Zauberstab hochhielt. Aber niemand war da.

Er warf einen Blick in die Küche: ein bisschen Stuck an den Wänden und eine elektrische Uhr. Ein roter Küchentisch und ein Stahlrohrstuhl, der ebenfalls kirschrot bezogen war. In einer Ecke stand ein Kühlschrank. Er machte ihn auf und fand eine Flasche Cola. Aber war das wirklich Cola? Er drehte die Flasche um: Sie war sandig von außen und über und über mit Schmutz bedeckt – als ob sie vergraben gewesen war. Und die Flüssigkeit selbst – war heller als Cola, so ein merkwürdiges bräunliches Rot war das. Luis stellte die Flasche wieder zurück und machte die Eisschranktür wieder zu. Das ganze Haus schien von einem summenden Geräusch erfüllt zu sein und Luis wusste, dass das von dem Blut kam, das in seinen Ohren pulsierte. Er fasste den Zauberstab fester und ging mit zitternden, verschwitzten Händen weiter, um die anderen Zimmer zu untersuchen.

Er suchte das ganze erste Stockwerk ab, aber er fand nichts, jedenfalls nichts weiter als unvollständig möblierte Räume. Hier mal ein Stuhl, dort mal ein Tisch. Lampen waren nicht aufgehängt, aber in jedem Zimmer brannte eine einfache Glühbirne als Deckenbeleuchtung. Luis stand jetzt am unteren Ende der hell erleuchteten Treppe. Er wartete einen Moment und dann, plötzlich, schlug er mit dem Stock auf den Boden und rief: »Ich bin gekommen, um Sie zu vernichten, Mrs. Izard! Kommen Sie heraus! Oder haben Sie etwa Angst vor mir? Das würde mich nicht wundern. Ich weiß, wer Sie sind und was Sie vorhaben. Ich fordere Sie zu einem Duell nach den uralten Regeln der Magie!«

Luis hatte gedacht, dass seine Herausforderung großartig und beeindruckend gewesen war wie der Klang einer silbernen Fanfare. Stattdessen verhallte seine Stimme. Sie erstarb in der erdrückenden Stille des Hauses. Luis kam sich reichlich lächerlich vor. Seine Wangen glühten und er begann langsam unruhig zu werden.

Luis hatte nicht den blassesten Schimmer von den ›uralten Regeln der Magie‹. Er war mit Jonathans Zauberstab hierhergekommen, weil er hoffte, dass der Stock schon alles von selbst regeln würde. Jetzt plagten ihn Zweifel. Was war, wenn der Zauberstab einzig und allein für seinen Herrn arbeitete? Und was, wenn Mrs. Izards Zauberkräfte stärker waren als Jonathans?

Luis' Blick wanderte zwischen dem leuchtenden Stockknauf und der Treppe hin und her. Am liebsten wäre er auf der Stelle umgekehrt und so schnell wie möglich nach Hause gelaufen. Aber schließlich musste er Mrs. Zimmermann und Jonathan und die ganze Welt retten, um wieder gutzumachen, was er getan hatte.

Das Haus war ganz still. Auf dem breiten Treppenabsatz, auf halbem Wege, blieb er stehen, weil er ein Bild entdeckt hatte. Es war das einzige Bild im ganzen Haus. Es hing in einem schweren, ovalen, schwarzen Rahmen und zeigte die Fotografie eines unfreundlich aussehenden alten Mannes.

Er saß oder stand – man konnte es nicht genau erkennen – vor einer Wand mit einer verschlungen gemusterten Tapete. Luis sah das Bild lange an. Er nahm jedes Detail in sich auf: die zwei oder drei kümmerlichen Haarsträhnen, die sorgfältig über den sonst fast kahlen Kopf gekämmt waren, die tiefliegenden Augen, die ihn geradewegs anzustarren schienen, die Habichtsnase. Dann betrachtete er die Kleidung des alten Mannes. Er trug einen altmodischen, steifen Vatermörderkragen mit nach außen gebogenen Ecken. Und seine linke Hand stützte sich auf etwas, das aussah wie ein Stock. Auf dem Stock schien eine Inschrift zu sein, aber Luis konnte sie nicht entziffern.

Luis stand da und überlegte, wer der alte Mann wohl sein könnte. Sollte es etwa …? Er nahm das Bild herunter und sah sich die Rückseite an. Da stand nichts. Schnell drehte er es wieder um und betrachtete das Bild noch einmal ganz genau. Irgendetwas kam ihm bekannt vor. Natürlich! Das Tapetenmuster! Das war doch die Tapete oben im vorderen Flur. Römische Zweien, die mit Schnörkeln verbunden waren. Jetzt wusste Luis, dass er das Bild des alten Isaac Izard vor sich hatte.

Dann stimmte es also alles. Diese Frau war seine Frau und sie war tatsächlich aus dem Grab gestiegen, um … ja, warum eigentlich? Luis fühlte, wie ihm das Herz bis zum Halse schlug. So viel Angst hatte er in seinem ganzen Leben noch nicht gehabt. Der Vorsatz, Mrs. Izard zu vernichten, war verflogen. Er wollte nur noch hinaus, weg von diesem Haus. Er warf einen erschrockenen Blick hinauf zu der dunklen Schlafzimmertür. Nichts rührte sich. Er wollte gerade die Stufen wieder hinuntersteigen, da trat ihm Mrs. Izard in den Weg.

Sie stand da und lächelte. In einer Hand hielt sie einen Stock mit einem Griff aus Elfenbein. »Nun, junger Mann, was gibt es? Was fällt dir eigentlich ein, nachts in anderer Leute Häusern herumzuschnüffeln? Was willst du hier?!«

Luis fürchtete, er müsse in Ohnmacht fallen, aber nichts dergleichen geschah. Stattdessen spürte er, wie sein Körper sich straffte und er erhob den Stock. »Ich weiß zwar nicht, was Sie mit uns vorhaben, Mrs. Izard«, sagte er, »aber auf jeden Fall wird es Ihnen nicht gelingen. Mein Onkel hat größere Zauberkräfte als Sie.«

Sie lachte ein grelles, unangenehmes Lachen. »Meinst du vielleicht mit dem Spielzeugstab da? Wahrscheinlich hat er den auf dem Jahrmarkt von Capharnaum gekauft. Sei nicht albern, Kind!«

Auf seinem ganzen Weg durch das Haus hatte der Stab mit seinem hellgrauen Licht geleuchtet. Aber jetzt, da Mrs. Izard sprach, begann sich der Kugelknauf zu verdunkeln. Luis sah hinunter und hatte das Gefühl, dass er etwas in der Hand hielt, was verdächtig nach einer durchgebrannten Glühbirne aussah.

»Und jetzt«, sagte Mrs. Izard und machte einen Schritt auf Luis zu, »und jetzt, mein lieber junger

Freund, werd ich dich lehren, was es heißt, eine nette, alte Dame zu belästigen, die einfach nur ihre Ruhe haben will.«

Sie riss ihm den Stock aus seiner erstarrten Hand und warf ihn krachend die Stufen hinunter. Dann beugte sie sich über ihn und das Licht, das von ihren Brillengläsern funkelte, brannte ihm genau in die Augen. Ihre Stimme hatte jetzt einen bösen Klang und sie sprach schneller.

»Hast du eigentlich eine Ahnung, was es heißt, tief in der Erde begraben zu sein, ringsherum nur dunkle Steinwände, niemanden zu hören, niemanden zu sehen und als einzige Gesellschaft einen toten Mann zu haben? Weißt du, was das heißt?«

»Hören Sie sofort auf, Mrs. Izard! Jetzt haben Sie es nicht mehr nur mit einem Kind zu tun!«

Dort unten an der Treppe stand – Mrs. Zimmermann. Ihr Gesicht war wie von unsichtbarem Rampenlicht angestrahlt und sie trug ein bodenlanges, violettes Cape, in dessen tiefen Falten orangefarbene Flammen zu lodern schienen. In der einen Hand hielt sie einen großen, schwarzen Stab mit einer durchsichtigen Glaskugel darauf, in der ein purpurfarbener Stern leuchtete. Er wurde größer, wenn sie sprach und kleiner, wenn sie schwieg.

Mrs. Izard fuhr herum. Sie sah Mrs. Zimmermann ruhig ins Gesicht. »Aha, Sie sind es also«, sagte sie. »Nun ja, zwar hat meine Macht noch nicht wieder ihre volle Kraft erreicht, aber mit Ihnen werde ich immer noch fertig. Hinweg mit Ihnen!«

Sie zeigte mit dem Elfenbeinstock auf Mrs. Zimmermann. Nichts geschah. Sie hörte auf zu lächeln und ließ ihren Stab fallen.

Jetzt war Mrs. Zimmermann an der Reihe. Sie stieß mit dem unteren Ende ihres Stockes einmal auf den

Boden und mit einem Schlag war die ganze Treppe in ultraviolettes Licht getaucht. Mit einem fürchterlich gellenden Schrei, der nichts Menschliches mehr an sich hatte, floh Mrs. Izard an Luis vorbei die Stufen hinauf. Mrs. Zimmermann lief ihr nach.

»Renn schnell nach Hause, Luis!«, rief sie ihm zu, als sie an ihm vorüberrauschte. »Du bist ein tapferer Kerl, aber das hier ist nichts für dich. Nun *lauf* schon endlich!«

Luis stürzte die Treppe hinab und nahm immer zwei Stufen auf einmal. Er war zwar zu Tode erschrocken, aber andererseits auch erleichtert. Als er die Vortreppe am Haus hinunterlief, hörte er seltsame, explosionsartige Geräusche und spitze Schreie. Zweige schlugen ihm ins Gesicht, als er den sauber gefegten Backsteinweg entlangrannte. Einer wickelte sich tatsächlich um sein linkes Bein und zog ihn zurück. Mit einem lauten Aufschrei und in höchster Panik riss Luis sich los und stürzte über die Straße. Er riss das Tor auf, und *rumms!* rannte er gegen etwas zugleich Festes und Weiches: Jonathan.

Luis brach zusammen. Er begann hysterisch zu weinen und presste sein Gesicht fest an Jonathans blaues Arbeitshemd. Jonathan schlang beide Arme um Luis und hielt ihn fest. Luis konnte es nicht sehen, aber Jonathan starrte über die Schulter hinweg hinüber zum Hanchett-Haus und er hatte ein grimmiges Lächeln in seinem Gesicht. Ein violetter Schimmer leuchtete aus einem der oberen Fenster. Und dann tauchte im Nebenfenster ein scharfes, kaltes, blauweißes Licht auf, so, als hätte jemand ein bengalisches Holz entzündet. Das bläuliche Licht breitete sich aus, bis es das ganze Fenster ausfüllte. Es ging auf das andere Fenster über und verschlang das schwächer werdende violette Licht. Dann folgte ein dumpfer, mächtiger Knall wie von einem Feuerwerkskörper, der Jonathan in den Ohren wehtat. Er konnte sehen, wie die beiden Fenster oben sich plötzlich in strahlend violette Gebilde verwandelten. Der Schornstein begann zu wackeln und die Ziegel rutschten vom Dach herab. Die verwilderte Hecke wurde wie von einem Orkan hin und her geschüttelt. Etliche der rhombenförmigen Glasstücke fielen aus ihren Rahmen und schlugen klirrend auf dem Weg unten auf. Dann war alles wieder still und dunkel im Haus.

Luis hatte aufgehört zu weinen. Er drehte sich jetzt wieder um und blickte zum Haus hinüber. Eine volle Minute verstrich. Dann öffnete sich knarrend die Haustür und Mrs. Zimmermann kam heraus. Ruhig ging sie die Stufen und den gepflasterten Weg hinunter bis zur Straße und summte dabei vor sich hin. Die orangefarbenen Flammen in den Falten ihres Umhangs waren erloschen, ebenso die magischen Rampenlichter. In einer Hand hielt sie einen alten Regenschirm. Der Knauf des Schirmes bestand aus einem durchsichtigen Globus und ein winziges violettes Feuer brannte noch immer darin. In der anderen Hand hatte Mrs. Zimmermann Jonathans Stock, dessen Kugelknauf immer noch dunkel war.

»Hallo, Florence«, sagte Jonathan in einem Ton, als ob er sie an einem Sonntagnachmittag auf der Straße getroffen hätte. »Na, wie war's?«

»Ganz gut«, sagte sie und drückte ihm seinen Stock in die Hand. »Hier ist dein Zauberstab. Er hat zwar einen ganz schönen Schock erlitten, aber ich glaube, er wird sich schon wieder erholen. Was Mrs. Izard angeht, ich weiß nicht genau, was mit ihr los ist. Vielleicht habe ich sie erledigt, vielleicht aber auch nur für eine Weile außer Gefecht gesetzt. Auf jeden Fall, lasst uns die gewonnene Zeit nutzen und diese verdammte Uhr finden!«

X. KAPITEL

Als die drei ins Haus zurückkamen, erstarrten sie vor Schreck. Das Ticken war jetzt sehr laut, lauter als jemals zuvor. Es hörte sich an, als ob man mitten im Glockenturm von Big Ben stand.

Jonathan erblasste. »Es sieht ganz so aus, als ob sich die Dinge zuspitzen. Mrs. Izard scheint doch nicht so tot zu sein, wie wir uns das so vorgestellt haben.«

Mrs. Zimmermann begann im Zimmer auf und ab zu gehen. Sie rieb den purpurnen Stein an ihrem Ring gegen ihr Kinn. »Vielleicht ist sie tot, vielleicht auch nicht. Jedenfalls ist die bloße Tatsache, dass sie aktionsunfähig ist, noch lange keine Garantie dafür, dass die Bombe nicht vor unseren Augen explodiert«, sagte sie. »Aber selbst, wenn wir das Schlimmste annehmen … nehmen wir also an, dass sie immer noch ihre Finger im Spiel hat. Auch schön und gut.« Sie holte tief Luft und stieß sie wieder aus. »Es war schon immer meine Theorie – jedenfalls erst recht seit gestern –, dass die alte Schachtel bloß auf den richtigen Zeitpunkt wartet, damit sie ihren verdammten Schlüssel benutzen kann. Die rechte Tat zur rechten Zeit, um den richtigen Effekt zu erzielen. Das sieht ihr ähnlich. Und ihrem alten Knacker auch. Seine Zauberei basiert auf logischen Grundsätzen. Er arbeitet in kleinen, ausgetüftelten Schritten, von A nach B, von B nach C. So folgerichtig und genau wie ein Uhrzeiger.«

»Dann wäre also nichts dagegen zu sagen, wenn wir ebenfalls logisch vorgehen, oder?«, sagte Jonathan. Er hatte ein ganz bestimmtes Lächeln in seinem Gesicht und spielte mit den Büroklammern an seiner Uhrkette. Das war immer ein sicheres Zeichen dafür, dass er gerade über irgendetwas nachdachte.

»Wie meinst du das?«, fragten Luis und Mrs. Zimmermann wie aus einem Munde.

»Nun, ich will damit sagen«, erwiderte er ruhig, »dass wir nicht gerade eine glänzende Figur in diesem Spiel abgeben. Wir arbeiten mit plötzlichen, unüberlegten Überfällen, plötzlichen, unerklärbaren Entdeckungen und unklaren Gedanken. Sinnlose Herumhopserei statt einiger weniger geschickter Schachzüge. Angriff ist eben doch die beste Verteidigung.«

Mrs. Zimmermann kreuzte ihre Arme über der Brust und blickte gereizt drein. »Ich verstehe«, sagte sie. »Es klingt außerordentlich vernünftig. Wenn du Schach spielst, dirigier den Angriff ins Mittelfeld; wenn du Tennis spielst, versuch einen Schmetterball. Wahnsinnig intelligent!«

Jonathan schien das nicht aus der Fassung zu bringen. »Warum nicht?«, sagte er. »Ich sehe bereits alles deutlich vor mir. Luis, was du tun sollst, ist Folgendes: Hol Bleistift und Papier und denk dir die verrücktesten Anweisungen aus, die dir einfallen.«

Luis fragte verwirrt: »Was denn für Anweisungen?«

»Für eine Zeremonie, ein Ritual. Eine Zaubervorstellung, um die Uhr aus ihrem Versteck zu locken. Mach es so verrückt wie nur irgend möglich.«

Luis war furchtbar aufgeregt und sehr glücklich.

»Okay!«, sagte er, »wenn's bloß das ist. Geht gleich los.«

Er ging zum Schreibtisch und holte einen gelben Ticonderoga-Bleistift Stärke 2 heraus und einen Schreibblock für zwanzig Cent. Dann rannte er ins Arbeitszimmer und schlug hinter sich die Türen zu. Jonathan und Mrs. Zimmermann liefen draußen nervös auf und ab und das mächtige Ticken hielt weiter an.

Eine Viertelstunde später erschien Luis wieder in der Tür vom Arbeitszimmer. Er gab Jonathan einen mit blauen Linien versehenen beidseitig beschriebenen Bogen Papier. Als Jonathan die erste Zeile las, warf er seinen Kopf zurück und fing laut an zu lachen. Schnell las er die anderen Anweisungen durch und kicherte die ganze Zeit vor sich hin. Mrs. Zimmermann versuchte immerzu, ihm über die Schulter zu schauen, aber dann verlor sie doch die Geduld und riss ihm das Papier einfach aus der Hand. Sie lachte noch lauter als Jonathan. Sie schnaufte und gackerte und kicherte vor sich hin. Schließlich gab sie Jonathan das Blatt zurück.

»Okay«, sagte sie, »es sei! Zuerst stellen wir also Kerzen in alle Fenster, und zwar richtige, echte Wachskerzen.«

»Ja«, sagte Jonathan und zog die Nase kraus. »Ich sehe schon, dass Luis ganz offensichtlich Wachskerzen bevorzugt. Aber das ist ja auch egal … Fangen wir gleich an. Da müssen noch ein paar Schachteln mit Kerzenstümpfen im Schrank sein.«

Jonathan übernahm die erste Etage, Mrs. Zimmermann die zweite und Luis die dritte samt allen Glasmalfenstern im ganzen Haus. Kurze Zeit später stand das ganze Haus in vollem Weihnachtsglanz – und das mitten im April.

Luis zögerte einen Augenblick vor der Tür des Zimmers, in dem Isaac Izards Harmonium stand. Er blickte in den Schuhkarton mit den Kerzenstummeln. Nur noch einer war übrig. Sollte er ihn dort hineinstellen? Nein, dafür gab es einen besseren Platz.

Mit einer dicken roten Kerze in der Hand stieg Luis die staubige Wendeltreppe zum Turmzimmer hinauf. Er zwängte sich durch die enge Tür. Der Raum war dunkel bis auf das Mondlicht, das auf den Fußboden fiel. Luis ging zum Fenster hinüber, kniete sich hin und beugte sich über den breiten Fenstersims.

Durch das ovale Fenster konnte er das Hanchett-Haus praktisch aus der Vogelperspektive beobachten. Oder – er hätte es jedenfalls gekonnt, wenn es zu sehen gewesen wäre. Der ganze Hügel lag in glänzendem Mondlicht, aber über dem Hanchett-Haus war tiefer Schatten, über dem nur die dunkle Dachspitze zu erkennen war.

Luis starrte fasziniert hinüber. Dann, plötzlich, begann es auch in diesem Raum des Hauses High Street Nummer 100 schwach, aber doch vernehmlich zu ticken. Luis schüttelte den Kopf, nahm seine Streichhölzer heraus und zündete die Kerze an.

Als er wieder hinunterkam, stellte er fest, dass auch seine zweite Anweisung bereits befolgt wurde. Mrs. Zimmermann spielte ›Chopsticks‹ auf dem Harmonium im vorderen Wohnzimmer. Nachdem sie aufgestanden und wieder ins Esszimmer zurückgegangen war, spielte das Harmonium seine ›Chopsticks‹ von allein weiter, denn es hatte eine eingebaute Automatik, die Mrs. Zimmermann auf Dauerwiederholung gestellt hatte. Die banale, monotone Melodie übertönte fast das beständige Ticken, aber leider nur fast.

Jonathan kam aus den hinteren Schlafzimmern zurückgelaufen. Er hatte einen roten Kopf und schnaufte: »Alles in Ordnung. Und was jetzt?«

Mrs. Zimmermann nahm den Zettel und las mit feierlicher Stimme: »Wir spielen eine Partie ›Bonsoir Frank‹, und zwar so lange, bis der ›König der Schwachköpfe‹ auftaucht.«

So seltsam es auch war, aber Jonathan wusste, was ›Bonsoir Frank‹ bedeutete. Es war Luis' Ausdruck für Pokern. Die drei hatten oft gepokert nach jener ersten Nacht im August und Luis hatte das Spiel so genannt, weil er die Inschrift auf den glänzenden 1-Franc-Kupfermünzen so verstanden hatte. Jedes Mal, wenn man einen von den Mitspielern ansprach, musste man so laut wie möglich ›Bonsoir Frank‹ sagen.

Doch nur über eine Kleinigkeit wunderte sich Jonathan. Er drehte sich zu Luis herum und fragte ihn mit spöttischem Gesichtsausdruck: »Und wer, bitteschön, ist, wenn ich fragen darf, der ›König der Schwachköpfe‹?«

»Das weiß ich auch nicht. Es fiel mir nur gerade so ein. Aber ich glaube, wir werden es schon wissen, wenn er auftaucht.«

Die rote Schachtel mit den Münzen wurde hervorgeholt, ebenso die blau-goldenen Spielkarten. Jonathan zündete seine Pfeife an und knöpfte seine Weste auf, bis sie nur noch durch die Kette aus Büroklammern zusammengehalten wurde. Er holte seinen verstaubten alten Filzhut aus dem Schrank und stülpte ihn sich ganz weit hinten auf den Kopf. Das, erklärte er, sei die zünftige Pokerkleidung.

Jonathan mischte und verteilte die Karten. Sekel und Gulden, Dukaten und Florins, Drachmen und Didrachmen klapperten über den Tisch. Zunächst waren die Blätter ganz normal. Ein Paar aus Achten, dann nichts, dann Könige und Zehnen. Aber dann fingen sie plötzlich an, sechs Karten von einer Sorte zu bekommen und Karten mit lauter Quadratwurzelzeichen und Fragezeichen drauf. Jonathan und Mrs. Zimmermann hatten auf alle Tricks verzichtet. Die seltsamen Karten kamen ganz von selbst. Sie spielten, während die fürchterliche Uhr immer weitertickte und das Harmonium immer weiter ›Chopsticks‹ intonierte und die Kerzen Muster von Früchten und Blumen oder einfach gelbe Lichtflecken auf das graue, mondbeschienene Gras draußen malten.

Es war etwas über eine halbe Stunde vergangen, als Luis eine Karte aufnahm und feststellte, dass er den ›König der Schwachköpfe‹ in der Hand hielt. Da war er also. Statt Karos oder Herzen hatte er Ähren und grüne Pfefferschoten in den Ecken. In der Mitte befand sich ein dümmlich aussehender Mann mit einem flachen schwarzen Hut, besser: einer viereckigen Mütze, wie Universitätsprofessoren sie bei Promotionsfeierlichkeiten zu tragen pflegen. Auf dem Doktorhut türmte sich ein Berg von Eiskrem und der Professor probierte ihn gerade mit seinem Zeigefinger.

Luis zeigte die Karte herum.

»Tatsächlich, da ist er ja. Der ›König der Schwachköpfe‹!«, rief Jonathan. »Ich hätte ihn sofort erkannt. Aber sag mal, Luis, was hat das nun zu bedeuten?«

»Das bedeutet, dass du ihn dir jetzt mit einem Stück Kaugummi vor die Stirn kleben musst. Hier, bitte.« Luis holte ein Stück Kaugummi hervor, das er bereits vorgekaut hatte, und reichte es Onkel Jonathan.

»Heißen Dank«, sagte Jonathan. Er kleisterte die Spielkarte gegen seine Stirn. »Und was nun?«

»Du machst dich oben fertig und kommst dann mit der Acht-Punkte-Billardkugel wieder herunter, so, wie es in den Anweisungen steht.«

»Ahm. Natürlich. Auf, auf, sprach der Fuchs zum Hasen. Wir sehen uns später, Freunde.«

Jonathan ging nach oben und blieb dort eine lange

Zeit, so lange, dass sogar das Harmonium schon aus purer Langeweile ›Stars and Stripes Forever‹ intonierte. Mrs. Zimmermann trommelte mit ihren Fingern auf der Tischplatte herum, während Luis das tat, was er immer machte, wenn er ungeduldig auf jemanden warten musste: Er hielt sich mit beiden Händen an seinem Stuhl fest und schaukelte vor und zurück, wobei er mit dem rechten Fuß wackelte.

»So, da bin ich wieder!«

Mrs. Zimmermann und Luis schauten auf. Dort oben auf der Treppe stand Jonathan. Er trug einen Umhang aus einer zerschlissenen Steppdecke und auf dem Kopf trug er die geblümte Toasterhaube, die Mrs. Zimmermann für ihn gestickt hatte. Der ›König der Schwachköpfe‹ klebte noch immer an seiner Stirn und in seinen Händen hielt er einen kleinen, runden, schwarzen Gegenstand. Als er die Treppe herunterkam, spielte das Harmonium gerade ›Pomp and Circumstances‹, aber es hatte bald genug davon und ging zu Radio-Werbesprüchen über.

Nehmen Sie Crema, nehmen Sie Crema,
Sie duftet ganz prema
Sie kann auch kurieren
Drum Crema probieren!

Clarks Hunderter-Super
Auch im Tank von Gary Cooper
Es verkauft sich am besten
Im ganzen schönen Mittelwesten!

Super-Rein, ach Super-Rein
Noch reiner wird's mit Super-Rein
Hält doppelt lang fürs halbe Geld
Drum schwört auf Rein die ganze Welt!

Zu dieser feierlichen Begleitung schritt Jonathan zum Esstisch und legte die schwarze Kugel nieder. Es war eine Kugel, mit deren Hilfe man die Zukunft vorhersagen konnte, eine von der Art, wie man sie überall in alten Trödelläden kaufen kann. In der Kugel war eine Flüssigkeit und wenn man sie schüttelte, erschienen gespenstische weiße Karten hinter dem kleinen Guckloch. Es waren nur drei Stück: eine für JA, eine für NEIN und eine für VIELLEICHT.

»Und jetzt?«, fragte Jonathan.

»Frag ihn«, sagte Luis.

»Frag wen was?« Jonathan machte ein ratloses Gesicht.

»Na, den Rand des Mondes, du bärtiger Dorfdepp!«, kreischte Mrs. Zimmermann. »Wo ich meinen Hut bei der Weltausstellung in Chicago vergessen habe! Nun denk doch mal ein bisschen nach, Jonathan. Was würdest du denn jetzt am liebsten wissen wollen?«

»Na, wo die Uhr versteckt ist, oder?«, fragte Jonathan schüchtern.

Im Vorderzimmer brach ein ziemlich künstlich klingender Riesenapplaus los. Das war das Harmonium, vorlaut wie es nun mal war. Jonathan streckte ihm über die Schulter hinweg die Zunge heraus. Dann drehte er sich wieder um zum Tisch, auf dem die Kugel lag. Sehr vorsichtig und voller Ehrfurcht hob er sie hoch. Er hielt sie wie ein Mikrofon und sprach hinein.

»Wo ist die Uhr?«

Das dunkle Guckloch blieb dunkel. Jonathan schüttelte die Kugel, bis die Flüssigkeit innen zu schäumen begann. *»Wo ist die Uhr?«*, rief er wiederholt seine Frage auf Griechisch, Lateinisch, Französisch, Deutsch und Mittelägyptisch. Noch immer keine Antwort.

»Dein Französisch ist schauderhaft«, sagte Mrs.

Zimmermann und nahm ihm die Kugel aus der Hand. »So … jetzt lass mich mal.«

Sie hielt die Kugel unter eine Ecke ihres Umhangs, als wollte sie sie gegen Regen schützen, und dann plapperte Mrs. Zimmermann auf Bengalisch, Finno-Ugrisch, Baskisch, Althoch-Nordisch und auf noch so allerlei unverständlichen Sprachen auf sie ein. Sie benutzte sämtliche Formeln, um geheime Botschaften aus Rotsandstein zu entschlüsseln, die Regiomontanus, Albertus Magnus und Graf Cagliostro empfohlen hatten. Aber nichts rührte sich.

»Darf ich es mal versuchen?«, fragte Luis schüchtern und ängstlich.

Mrs. Zimmermann blickte auf ihn hinab. Der Schweiß saß ihr in sämtlichen Falten ihres Gesichts. Sie sah ihn völlig entgeistert an. »Was hast du gesagt?«

»Ich wollte nur mal fragen, ob ich es vielleicht auch einmal probieren dürfte. Ich weiß, ich bin kein Zauberer oder so, aber es ist *meine* Kugel. Ich hab sie selbst in Chicago gekauft und …«

»Aber natürlich!«, rief Mrs. Zimmermann und schlug mit der Faust auf den Tisch. »Völlig klar! Was sind wir doch bloß für Dummköpfe! Wie jedes magische Gerät reagiert das hier doch auch nur auf den, dem es gehört. Hier. Aber mach schnell!« Sie drückte ihm die Kugel in die Hand.

Das Ticken der Uhr wurde leiser, dafür aber immer schneller.

Luis hielt das Zauberspielzeug jetzt genau vor sein Gesicht. Er sprach ruhig und leise. »Bitte, sag uns, wo die Uhr versteckt ist«, flüsterte er.

Jetzt kam Bewegung ins Innere der Kugel. JA kam es aus der Tiefe des Vakuumraumes wie eine Gespensterzeitung in einem rabenschwarzen Wind. Dann verschwand es wieder, ebenso wie das NEIN und das VIEL-

LEICHT. Endlich, nach einigen Minuten höchster Spannung, erschien eine Karte mit der Aufschrift: KOHLENGRUBE!

»Sie sagt ›Kohlengrube‹.« Luis Stimme klang jetzt schwerfällig und leblos. Er ließ den Kopf hängen.

»Kann ich die Kugel mal sehen?«, fragte Jonathan sanft. Luis reichte sie ihm.

Jonathan hielt die Kugel gegen das Licht. Er zog die Stirn kraus und der ›König der Schwachköpfe‹ flatterte zu Boden. »Ja, sie sagt tatsächlich ›Kohlengrube‹. Kohlengrube? *Kohlengrube?* Was zum Teufel meint sie damit?« Jonathan blickte finster auf die glänzende kleine Kugel. Der Gedanke stieg in ihm auf, dass es vielleicht die beste Idee wäre, das verfluchte Ding einfach gegen den Kaminsims zu donnern.

Plötzlich bekam die Kugel Schluckauf. Schnell blickte Jonathan wieder hinab in die Kugel und stellte fest, dass das kleine Guckloch über und über mit Blasen bedeckt war.

»Oh, guter Gott im Himmel! Sieh dir das an, Florence! Jetzt bildet sie sich auch noch ein, sie sei eine Bendix-Waschmaschine. Sollten wir nicht doch lieber gleich den Tisch für spiritistische Sitzungen herausholen?«

»Wart noch einen Moment«, sagte Mrs. Zimmermann. »Es sieht so aus, als ob sich die Blasen langsam auflösen.«

Luis, Jonathan und Mrs. Zimmermann sahen atemlos zu, wie die kleinen Blasen eine nach der anderen an der Oberfläche zerplatzten. *Pop, pop, pop.* Es schien ewig zu dauern und in der Zwischenzeit tickte die Uhr ruhig weiter.

Als das Guckloch endlich wieder klar war, stand dort diesmal KOHLENSCHÜTTE!

»Oh, fantastisch!«, sagte Jonathan. »Einfach fabelhaft! Jetzt sagt sie Kohlen*schütte*! Das bringt uns gewaltig weiter.«

»Du hast doch gar keine Kohlenschütte, oder?«, fragte Mrs. Zimmermann.

Jonathan sah sie entgeistert an. »Aber natürlich nicht, Florence! Das solltest du doch eigentlich wissen. Du erinnerst dich doch, dass ich damals alles auf Öl umgestellt hatte, als ich das Haus hier ... oh! OH!« Jonathan schlug beide Hände vor den Mund. »Oh! Ich glaube, ich hab's. Los, kommt alle mit. Wir gehen in den Keller.«

Luis und Mrs. Zimmermann liefen hinter Jonathan her in die Küche. Er öffnete die Tür zum Keller und fuhr zurück, als ob man ihm ins Gesicht geschlagen hätte. Das Ticken da unten machte einen Höllenlärm.

Jonathan sah Mrs. Zimmermann an. Er sah verstört aus und seine Augen waren vor Angst weit geöffnet. »Hast du deinen Schirm, Florence? Gut, dann los.«

Drüben in einer rußigen Ecke des Kellers war die alte Kohlenschütte. Zwei ihrer Wände bestanden aus grauen Brettern, die zu einem wurmstichigen Holzgitter zusammengenagelt worden waren. Die anderen beiden Wände waren aus weißgetünchtem Stein und an einer von ihnen lag ein hoher Berg Kohle. Er war bereits dagewesen, als Jonathan einzog, und er hatte immer gedacht, dass er ihn weggeschaufelt hätte.

»Ich kriege bestimmt noch mal den ersten Preis im Idioten-Quiz«, sagte er leise. Jonathan nahm eine große Schaufel und begann, die Kohle damit wegzuräumen. Luis und Mrs. Zimmermann halfen mit den bloßen Händen. Nach kurzer Zeit hatten sie die ganze Kohle von der Wand weggeschaufelt.

»Es sieht eigentlich *nicht* so aus, dass hier eine geheime Holzverkleidung sein könnte«, sagte Jonathan und tastete nach irgendwelchen verborgenen Federn und Hebeln. »Aber wenn es danach aussehen würde, wäre es schließlich ja auch nichts Geheimes, nicht? Hmm ... nein ... da ist nichts. Ich fürchte, wir werden die Spitzhacke nehmen müssen. Alles zurücktreten!«

Luis und Mrs. Zimmermann hielten sich in sicherem Abstand von der Wand und Jonathan begann auszuholen. Das Ticken wurde jetzt immer schneller, steigerte sich fast bis zum Stakkato und die Spitzhacke schlug den Takt dazu. Bei jedem Schlag flogen weißlich-graue Stücke Putz durch die Luft. Aber das Ganze war doch einfacher, als sie zunächst gedacht hatten. Bereits bei Jonathans erstem Schlag begann die Wand bedenklich zu wackeln und abzubröckeln und bald lag die ganze solide wirkende Mauer in Stücken auf dem schmutzigen harten Kellerboden. Es war nämlich gar keine richtige Wand gewesen, sondern nur simpler Verputz. Dahinter lag eine schimmlige, alte Holztür mit einem schwarzen Porzellanknauf. Sie hatte zwar einen Beschlag, aber kein Schlüsselloch.

Jonathan stellte seine Spitzhacke gegen einen Holzpfeiler und trat zurück.

»Nun trödle doch nicht so herum!«, sagte Mrs. Zimmermann nervös. »Sieh zu, dass du die Tür aufbekommst! Ich hab das Gefühl, dass wir kurz vor der Lösung sind.«

Jonathan stand da und rieb sich das Kinn. Völlig außer sich ergriff Mrs. Zimmermann Jonathans Arm und begann ihn zu schütteln. »Nun mach schon, Jonathan! Worauf um alles in der Welt wartest du denn noch?!«

»Ich versuche, mich an eine Formel zu erinnern, mit der man verschlossene Türen öffnen kann. Weißt du keine?«

»Warum ziehen wir nicht einfach dran?«, fragte Luis. »Vielleicht ist sie ja gar nicht abgeschlossen.«

Gerade wollte Jonathan ansetzen zu sagen, dass er Dümmeres in seinem ganzen Leben noch nicht gehört hätte – doch er bekam keine Gelegenheit dazu, es auszusprechen: Die Tür öffnete sich ganz von alleine.

Jonathan, Mrs. Zimmermann und Luis starrten sie ungläubig an. Sie blickten jetzt in einen langen Korridor hinein – oder eher eine Art Stollen, mit viereckigen Holzpfeilern, die sich im Dunkel verloren. Am äußersten Ende des Tunnels bewegte sich ein graues, nebelhaftes Etwas, das langsam näher zu kommen schien.

»Seht mal da!«, rief Luis.

Er deutete nicht auf die nebelhafte Gestalt, sondern seine Finger zeigten auf etwas, das, genau zu ihren Füßen, auf dem Boden des Gangs stand.

Es war eine Uhr. Eine ganz gewöhnliche Waterbury-Wochen-Uhr. Ihr Pendel schwang wie verrückt hinter dem Glasdeckel hin und her und machte einen Lärm wie ein wildgewordener Geigerzähler.

»Das finde ich aber ganz reizend von euch, dass ihr mir die Arbeit abgenommen habt«, ertönte eine Stimme hinter ihnen. Jonathan und Mrs. Zimmermann fuhren herum und erstarrten. Sie standen da wie Salzsäulen, unfähig, Hände, Füße oder Köpfe zu bewegen. Sie konnten nicht einmal mehr mit den Ohren wackeln. Sie waren völlig gelähmt, obwohl sie alles bewusst sehen und hören konnten.

Vor ihnen stand Mrs. Izard alias Mrs. O'Meagher oder wie immer sie auch heißen mochte. Sie trug einen schwarzen Samtumhang, der von einer Brosche aus Elfenbein am Hals zusammengehalten wurde. Auf der Brosche stand ein riesiges griechisches Omega. In der rechten Hand hielt sie einen einfachen schwarzen Stock und in der Linken trug sie etwas, das aussah wie eine abgeschlagene Hand, aus deren Rücken eine brennende Kerze herauswuchs. Von der Hand breiteten sich konzentrische Kreise gelben Lichtes aus und durch diesen Schimmer hindurch konnten Jonathan und Mrs. Zimmermann die Brillengläser von Mrs. Izard erkennen, die wie graue Schiefertafeln aussahen.

»Hoffentlich habt ihr euch nicht überanstrengt, meine Lieben«, sagte die alte Frau mit ihrer widerlich boshaft schnarrenden Stimme. »Ich will es wirklich nicht hoffen. Aber falls doch – es wäre ja für einen guten Zweck. Ich hätte buchstäblich nicht gewusst, was ich ohne euch angefangen hätte. Ich hätte überhaupt nichts tun können. Denn zwar habe ich, müsst ihr wissen, seit meiner glücklichen Befreiung die Fähigkeit, durch Wände und verschlossene Türen gehen zu können, aber diese armen alten Fingerchen sind nicht mehr in der Lage, mit Werkzeugen umzugehen. Ich musste sogar Hammerstiel schicken, um dies hier für mich zu holen.«

Sie ließ ihren Stab los – er blieb von allein in der Luft hängen – und griff tief in die Falten ihres Umhangs. Was sie endlich zum Vorschein brachte, war ein grünlicher Kupferschlüssel. Sie hielt ihn hoch und drehte ihn hin und her. »Hübsch, nicht? Ich habe ihm gesagt, wo er suchen sollte, aber sonst musste er alles andere alleine machen. Er ist überhaupt ein ausgesprochen folgsamer Bursche gewesen und er hat mir auch dabei geholfen, dass ich drüben leidlich mit dem Haushalt fertig werden konnte. Aber, Schwamm drüber, das ist ja jetzt alles vorbei und nicht mehr wichtig. Ihr habt mir regelrecht in die Hand gearbeitet, wie ich mir das schon so gedacht hatte. Hast du dir etwa wirklich eingebildet, dass du mich erledigt hättest, du alte Einfaltspute? Alles, was du damit erreicht hast ist, dass du die Ankunft des Jüngsten Tages noch beschleunigt hast. Und der stand sowieso schon kurz bevor. Mein Herr und Gebieter wird über uns kommen. Und wenn er da ist, wird eine neue, veränderte Welt kommen. Da wird *allerhand* anders sein, das könnt ihr mir glauben. Wolln doch mal sehn ... ich denke, ihr beiden werdet als Erste drankommen.« Sie zeigte erst auf Jonathan und dann auf Mrs. Zimmermann. »Ihr beide zuerst, damit euer Goldjunge hier auch alles genau miterleben kann. Das möchtest du doch auch gern alles sehen, Luis, nicht?«

Luis stand mit dem Rücken zu Mrs. Izard. Er war stumm wie eine Schaufensterpuppe.

»Nun dreh dich schon um, Luis«, sagte Mrs. Izard mit ihrer so boshaft schnarrenden Stimme, die sie schon von Anfang an gehabt hatte. »Willst du deiner lieben Tante Izard nicht ein Küsschen geben?«

Er rührte sich nicht.

»Na los, Luis. Ich befehle es dir. Sei nicht so störrisch. Damit machst du es am Ende nur noch schlimmer für dich. Dreh dich um, sag ich!«

Luis ganzer Körper begann sich zu straffen und schon raste er los, hinein in den Tunnelgang. Er griff die Uhr, die gerade jenen sirrenden Ton von sich gab, wie es Uhren tun, wenn sie sogleich die volle Stunde schlagen wollen.

»Halt!«, schrie Mrs. Izard. »Halt, du dreckiges, dickes Schwein! Ich mache etwas aus dir, dass deine eigene Mutter dich nicht mehr – wirst du das wohl lassen?! Nicht ...«

Luis warf die Uhr zu Boden. Die Spiralfedern sprangen heraus, die Zahnräder rollten klirrend durcheinander und man hörte das Splittern von Holz und den hellen Klang zerbrechenden Glases. Er griff in den übrig gebliebenen Trümmerhaufen und riss das Pendel aus dem Uhrwerk heraus, das immer noch wie wild hin- und herzappelte. In diesem Augenblick verschwand eine Gestalt, die eben noch nur ein paar Zentimeter von Luis entfernt gestanden hatte – die Gestalt eines älteren Mannes in einem verschlissenen schwarzen Sonntagsmantel. Dann ertönte ein fürchterlicher, lauter, unmenschlicher Schrei, der sich anhörte wie das Wehgeschrei einer Sirene in den höchsten Tönen. Er gellte durch den Raum und alles schien jetzt in blutrotes Licht zu tauchen. Luis hielt sich die Ohren zu, aber das Geräusch dröhnte auch noch tief im Inneren seines Kopfes weiter und ging ihm durch Mark und Bein. Dann, plötzlich, war alles still.

Er drehte sich um. Dort stand Jonathan, lächelnd, und versuchte, durch schnelles Zwinkern die Tränen aus seinen Augen zu bekommen. Daneben Mrs. Zimmermann, die über das ganze Gesicht strahlte. Und hinter ihnen, unter einer hin- und herschwankenden nackten Glühbirne, lag ein unordentlicher Haufen schwarzer Kleidungsstücke. Ein gelblicher Totenschädel ragte daraus hervor, mit vor ungläubigem Staunen weit aufgerissenen Augenhöhlen. Ein paar graue Haarbüschel hingen noch in den Vertiefungen des glatten Schädels und vor den leeren Augenhöhlen saß eine randlose Brille. Ihre Gläser waren zerborsten.

XI. KAPITEL

Drei Tage nach der endgültigen Vernichtung von Mrs. Izard und ihrer Zauberuhr saßen Jonathan, Mrs. Zimmermann und Luis um ein Freudenfeuer in der Auffahrt zum Haus High Street Nummer 100 herum. Die Nacht war kühl und die Sterne glänzten kalt am Himmel, aber das Feuer gab ein warmes, helles orangefarbenes Licht.

Mrs. Zimmermann hatte einen dampfenden Steingutkrug mit Kakao neben sich. Sie hatte ihn nahe ans Feuer gestellt, um ihn schön warm zu halten. Jonathan und Luis blickten in die Flammen und schlürften dabei ihren Kakao aus ihren Schalen. Er schmeckte herrlich.

Jonathan hatte einen Stapel von Isaac Izards verstaubten Papieren auf dem Schoß und dann und wann nahm er eins davon auf und warf es ins Feuer. Luis sah zu, wie die Flammen bei jedem Blatt zuerst an den Ecken aufzüngelten, wie es dann langsam schwarz wurde und sich schließlich in eine flockige Masse aus Asche verwandelte.

Nach einer Welle sagte Luis: »Du, Onkel Jonathan?!«

»Ja, Luis?«

»Hatte Mrs. Izard wirklich die Absicht, die ganze Welt zu vernichten?«

»Soweit ich weiß, ja«, sagte Jonathan. »Und sie hätte es auch getan, wenn du nicht die Uhr angehalten hättest. Aber, nun sag mir eins, Luis: Warum hast du dich nicht auch umgedreht, so wie wir?«

Luis lächelte breit. »Ich sah gerade das Glasfenster der Uhr, als ich Mrs. Izard und das, was sie in der Hand hielt, im Glas gespiegelt sah, und da wusste ich gleich, dass es sich dabei nur um ein Alraunen-Amulett, ein ›Galgenmännchen‹, handeln konnte. Bei John L. Stoddard steht alles über Alraunen-Amulette.«

»Ein Glück«, sagte Mrs. Zimmermann. »Ein kurzer Blick auf das Amulett und du hättest genauso versteinert dagestanden wie wir. Aber trotzdem, es war ungeheuer mutig von dir, einfach loszulaufen und die Uhr zu zertrümmern. Schließlich konntest du ja nicht wissen, was sonst alles mit dir hätte passieren können.«

Luis sagte nichts dazu. Er hatte immer gedacht, Mut sei etwas ganz anderes, etwa mit einem Fahrrad durch Feuer zu fahren oder hoch auf irgendwelche Bäume zu klettern.

Mrs. Zimmermann nahm einen Teller mit Schokoladenplätzchen und reichte ihn herum. Jonathan nahm sich zwei und Luis gleich mehrere. Welch herrliche Stille, als eine Weile lang nur alles kaute und vor sich hin schlürfte. Jonathan warf noch mehr Papiere ins Feuer.

Luis drehte sich um und blickte lange auf das dunkle Haus auf der anderen Straßenseite.

»Meint ihr, dass Mrs. Izard jemals … zurückkommen könnte?«, fragte er mit zitternder Stimme.

»Nein«, sagte Jonathan und schüttelte ernst den Kopf. »Nein, Luis, ich glaube, in dem Augenblick, als du die geheimnisvolle Uhr zerstört hast, hast du ihr damit gleichzeitig auch die ganze Macht genommen, die sie auf dieser Welt gehabt haben mag. Außerdem habe ich, um ganz sicher zu gehen, alles, was von ihr noch übrig geblieben ist, zurück ins Mausoleum gebracht und die Türen mit einem hübschen, funkelnagelneuen Schloss versehen. Es ist ein Zauberschloss. Ich denke doch, das dürfte für eine Weile halten.«

»Und was ist mit den Hanchetts?«, fragte Luis. »Ich meine, werden sie zurückkommen und wieder in ihrem alten Haus wohnen?«

Jonathan zögerte einen Moment, bevor er antwortete, und spielte mit den Büroklammern an seiner Uhrkette. »Ich denke schon, dass sie wiederkommen werden«, sagte er schließlich. »Aber es müssen noch gewisse Rituale durchgeführt werden, bevor sie wieder einziehen können. Denn immer, wenn ein unreiner Geist ein Haus bewohnt hat, hinterlässt er eine unheilvolle Atmosphäre.«

»Da wir gerade von ›unheilvoller Atmosphäre‹ und ›unreinen Geistern‹ sprechen«, sagte Mrs. Zimmermann, »hast du eigentlich eine Ahnung, was mit Hammerstiel passiert ist?«

Augenblicklich nahm Jonathans Gesicht einen grimmigen Zug an. Er hatte sich schon alle möglichen Gedanken über das Schicksal von Hammerstiel gemacht, aber er hatte sie lieber für sich behalten. Immerhin wusste er, dass man für jedes Alraunen-Amulett das Blut eines Erhängten benötigte.

»Ich habe nicht die leiseste Ahnung«, sagte Jonathan und schüttelte den Kopf. »Anscheinend ist er spurlos verschwunden – wie vom Erdboden.«

Plötzlich begann Luis wieder, auf seinem Stuhl unruhig hin und her zu rutschen. Etwas lag ihm auf der Zunge.

»Onkel … Jonathan?!« Luis sprach heiser und die Kehle war ihm wie zugeschnürt.

»Ja, Luis? Was hast du denn?«

»Ich … ich war es, der Mrs. Izard aus ihrem Grab befreit hat.«

Jonathan lächelte still vor sich hin. »Ja«, sagte er, »ich weiß.«

Luis Unterkiefer klappte herunter. »Aber woher hast du das gewusst?«

»Du hast deine Taschenlampe auf dem Friedhof vergessen. Ich hab sie in einem Haufen alter Papiere gefunden, als ich oben war, um Mrs. Izard wieder in ihren Sarg zurückzulegen.«

»Schickst du mich jetzt ins Heim für schwererziehbare Kinder?«, fragte Luis mit zaghafter, ängstlicher Stimme.

»Wohin soll ich dich schicken?«, sagte Jonathan und starrte Luis ungläubig an. »Sag mal, Luis, für was für eine Art von Monstrum hältst du mich eigentlich?«

»Und außerdem«, fügte Jonathan mit einem plötzlichen Lächeln hinzu, »weshalb sollte ich dich für etwas bestrafen, was ich früher als Junge auch probiert habe? Genau wie du hab ich mich schon sehr früh für die magische Kunst interessiert. Das muss wohl bei uns in der Familie liegen. Ich wollte damals einem Mädchen imponieren. Und du wolltest Tarbys Freundschaft nicht verlieren, stimmt's?«

Luis nickte traurig.

»Übrigens, Luis«, fragte Mrs. Zimmermann. »Wie steht es überhaupt mit dir und Tarby jetzt?«

»Nicht besonders«, sagte Luis. »Ich glaube nicht, dass Tarby und ich jemals richtige Freunde geworden wären. Wir sind einfach zu verschieden. Aber das macht nichts.«

»Das macht nichts?«, sagte Jonathan. »Aber natürlich macht das was! Dieser aufgeblasene kleine ...« Er hielt inne, weil er plötzlich bemerkte, dass Luis triumphierend vor sich hin lächelte.

Jonathan zog die Augenbrauen hoch, sodass sie aussahen wie zwei kastanienbraune Ringelraupen: »Luis Barnavelt!«, sagte er mit tiefer Stimme. »Du hast doch nicht etwa Geheimnisse vor mir?«

Luis hatte Mühe, nicht laut loszukichern. »Och, nichts Besonderes, Onkel Jonathan«, sagte er. »Es ist bloß – ich hab was Neues.«

»*Waaaas?* Was Neu-es?«, riefen Jonathan und Mrs. Zimmermann wie aus einem Munde.

»Jawoll. Es ist nämlich eine ›Sie‹. Sie heißt Rose Rita Pottinger und wohnt unten in der Mansion Street. Sie weiß alle Namen von allen möglichen Arten von Kanonen auswendig. Wollt ihr mal hören? Saker, Minion, Falconet, Demi-Culverin ...«

»Aaaaah!«, rief Jonathan und warf gleich zwei Hände voll Papier auf einmal ins Feuer. »Das ist genau das, was ich brauche. Einen Fachmann für Elisabethanische Artillerie. Aber eins musst du mir versprechen, Luis.«

»Was denn?«

»Falls du und Klein-Rosie irgendwann mal auf die Idee kommen solltet, unten im Keller eine Kanonen-Gießerei aufzubauen, dann sag bitte mir und Mrs. Zimmermann rechtzeitig Bescheid, damit wir dann früh genug zu meinen Verwandten in Osee Five Hills flüchten können, okay?«

Luis kicherte. »Aber klar doch, Onkel Jonathan. Ich sag euch schon rechtzeitig Bescheid.«

Jonathan schwenkte seine Pfeife über dem Feuer. Die Papierseiten raschelten unruhig und schlossen sich dann zu einer großen schwarzen Kugel zusammen. Das Feuer verwandelte sich in eine Kürbiskopf-Laterne und dann begannen die drei immer abwechselnd Kastanien in die Öffnungen für Augen, Nase und Mund dieser Gespensterlaterne zu stecken. Es machte *Pop! Pop! Pop!* und die Kastanien gingen wie ein Trommelfeuer los, wie eine richtige, echte Musketensalve.

Jonathan, Luis und Mrs. Zimmermann saßen um das Feuer herum und erzählten, bis das finster dreinblickende orangenfarbene Gesicht mit einem leichten *Ssssschh!* in sich zusammenfiel. Dann standen sie auf, streckten sich und gingen todmüde zu Bett.